En région arctique et ailleurs

Marchand de feuilles
C.P. 4, Succursale Place d'Armes
Montréal (Québec)
H2Y 3E9
Canada

www.marchanddefeuilles.com

Mise en pages : Roger Des Roches
Page couverture : Dana Holst, *Little Miss Muse,* 2004, huile sur toile,
60 po x 42 po, Banque d'œuvres d'art du Conseil des arts du Canada
Révision : Annie Pronovost

Diffusion : Hachette Canada

Les Éditions Marchand de feuilles remercient le Conseil des arts du
Canada ainsi que la Sodec pour leur soutien financier.
Laurence Gough remercie le Conseil des arts du Canada pour l'aide
accordée à l'écriture de cet ouvrage.

Conseil des Arts   Canada Council   Société
du Canada   for the Arts   de développement
                                      des entreprises
                                      culturelles
                                      Québec

**Catalogage avant publication de Bibliothèque et Archives nationales
du Québec et Bibliothèque et Archives Canada**

Gough, Laurence, 1984-

En région arctique et ailleurs

ISBN 978-2-923896-02-1

I. Titre.

PS8613.O855E5 2011   C843'.6   C2011-941363-9
PS9613.O855E5 2011

Dépôt légal : 2011
Bibliothèque nationale du Québec
Bibliothèque nationale du Canada
© Marchand de feuilles, 2011
Tous droits réservés pour tous pays

Laurence Gough

En région arctique
et ailleurs

roman

[FŒJ]

**ÉDITIONS
Marchand
DE FEUILLES**

Start the engine up.
I'd like a new identity.
A pseudonym. Some plastic surgery.
Or just a way to disappear.
Someone to write me out of here.

THE WEAKERTHANS, «*Greatest Hits Collection*»

À David Lebrun

Un

Avec Noémie
dans un monde qui a du sens

SUR LE TROTTOIR, un pigeon perd son sang, laissé-pour-compte parce que la voiture qui lui a fauché une patte s'en est sortie sans égratignure, inaperçu parce que Simon se sent particulièrement perturbé aujourd'hui. Au pied de l'immeuble où habite Noémie, l'angoisse et la peur s'écoulent de tous ses pores. Elle l'a invité à faire un dessert. Elle aime les desserts.

Dans sa cuisine, dans son t-shirt, Noémie sent bon les cheveux détachés, les rais de lumière provenant de la fenêtre, la désinvolture et le sucre caramélisé. Elle est encore plus attirante qu'à l'habitude, si c'est possible.

– Simon, tu me passes le truc qui est dans l'assiette qui est dans le congélateur?

– Je… Oui, euh…

Depuis leur première rencontre, le jouvenceau garde des mots dans le nœud au creux de sa gorge. Bien qu'ils y palpitent invariablement à l'approche de la jeune fille, rien n'a jamais laissé croire qu'ils auraient un jour le courage de franchir les quelques centimètres les séparant des lèvres. Pourtant, sans crier gare, voilà que devant la porte ouverte du congélateur, ils s'échappent.

– Quoi ?

La porte se referme.

– Euh… t'as… Rien. T'as pas entendu ?

– Non, répète !

– Il faut que je parte.

Simon dévale l'escalier si vite qu'il manque de débouler et d'atterrir sur le pigeon. Il est dans tous ses états.

– Mais, le dessert !

Lorsque Noémie rouvre le congélateur, les mots du garçon se déploient devant elle. Le froid les a conservés intacts. Fébriles, ils trouvent le chemin de son oreille, s'y lovent un instant, puis se propagent dans ses vaisseaux sanguins, les faisant s'entrechoquer les uns contre les autres, et vibrer, vibrer dans ses veines.

Confuse, la jeune fille se tire une chaise et passe le reste de l'après-midi à y penser sans rien faire d'autre, sans même terminer de préparer le dessert, et le jour suivant aussi, et le jour d'après de même. Le quatrième jour, elle donne rendez-vous à Simon au musée de cire.

Il pleut fort, dehors. Il s'agit d'une de ces journées où il fait tellement sombre qu'il faut allumer quelques lampes et se faire du café ; « le temps parfait pour une visite au musée », c'est ce qu'elle se dit, c'est comme ça qu'elle perçoit les choses, avec gentillesse.

Simon l'attend à l'intérieur, deux billets à la main.

– C'est délicat de ta part, dit-elle en les désignant.

Elle lui prend le bras, d'elle-même, et le bouscule dans les tourniquets, pour rire. Il rit au milieu des velours de mauvaise qualité, des personnages politiques, des inventeurs célèbres, des artistes consacrés, parce qu'il sent qu'il en a le droit, et aussi parce que c'est comme ça qu'on devient complice avec quelqu'un.

– Regarde Elvis Presley, dit-il, rendu très maître de lui-même par le bras de Noémie enroulé au sien. Dans ses pires années, il était gros.

Noémie hoche la tête. Il reprend :

– Eh bien, là, comme tu le vois, il est encore plus gros que nature, et il a l'air mal à l'aise dans son costume blanc avec les fioritures dorées. Regarde-moi ce visage, et ce double menton, et ce torse velu ! Je dirais qu'il a un peu fondu sous la chaleur des projecteurs. Et sa peau ! Brune ? Violette ? Suintante ! Si tu veux mon avis, on dirait un *freak show*. Et puis, tu as vu ? Pour d'autres statues, c'est tout à fait le contraire. N'est-ce pas ? Miss Thatcher ! Ses globes oculaires luisants ! On dirait qu'elle nous fixe droit dans les yeux.

Noémie acquiesce : oui, Elvis raté ; oui, Miss Thatcher réussie. De la complicité à revendre.

Sans plus de cérémonie, elle l'arrête.

– Simon, parlons franchement. Tu m'as laissé un « je t'aime » dans le congélateur.

– Quoi ! Mm… mais non ! Non, c'est pas moi, Noémie… J'te jure que c'est pas moi !

– C'était ta voix.

– Mais…

Elle pose un baiser sur ses lèvres.

– Je t'aime aussi, Simon.

Une longue expiration émane de ses poumons. Avec prudence, il s'approche un peu plus. Il procède à tâtons, en commençant du bout des lèvres par l'espace entre les sourcils et les cheveux, le souffle suspendu de peur que ça ne soit pas possible.

– T'es une personne tellement douce. Laisse-moi toucher ton visage.

Les larmes s'agglutinent au coin de ses yeux, sous les doigts de Noémie.

– N'aie pas peur. C'est pour de vrai.

Un sanglot le secoue. Il la saisit dans ses bras, fort, en appuyant toutes les surfaces possibles de son corps contre le sien, et lui donne enfin un baiser qui est plus qu'un baiser, comme un garçon qui ne deviendra jamais n'importe quel homme.

Les traits des statues de cire se détendent. Un sourire se dessine sur leur visage. John Forbes Nash Jr délaisse son tableau d'équations, Abélard serre l'épaule d'Héloïse, Gabriel Garcia Marquez lève les yeux de sa machine à écrire, l'impératrice Sissi enjambe le cordon de soie et prend les amoureux dans ses bras. Houdini se joint à elle, puis Jean-Paul Sartre, Simone de Beauvoir et Olga Kosakiewicz, se tenant par la main, puis Buzz Aldrin et Emily Dickinson, et Marilyn Monroe, quittant son couloir glamour, suivie de Clint Eastwood dans son costume de *The Good, The Bad and The Ugly,* John Travolta, fagoté comme dans *Saturday Night Fever,* John Lennon, Vincent Van Gogh, l'oreille intacte, et Terry Fox, boitant avec bonheur. Bientôt, tous les personnages des salles avoisinantes viennent se souder à l'étreinte et il n'y a plus assez d'espace pour respirer.

– Eh bien là, c'est un peu trop, dit Noémie.

Elle extirpe un briquet de sa poche, s'accroupit et, incognito, entreprend de pratiquer un tunnel dans l'accolade. Quand il est prêt, elle revient chercher Simon qui, pour faire diversion, était resté debout, au centre. Ils commencent à se mouvoir à la façon des serpents dans la cire tiède et lisse. Il fait sombre au cœur des corps fondus de ces imitations d'humains. C'est si bon qu'ils y restent étendus quelques minutes, enlacés, lèvres contre lèvres. Une langueur s'insinue.

– On est bien.

– Simon… Oh, non, Simon! Ils se sont aperçus de quelque chose.

Les parois du tunnel se rétrécissent et s'agrandissent par soubresauts. Parce qu'ils génèrent des courants d'air, ces mouvements font s'accélérer le durcissement de la cire. Les amoureux se mettent à ramper en accéléré à la manière des soldats. Les cassures dans le tunnel écorchent leur peau. Une section de la galerie, soudainement, s'effondre devant eux. Noémie s'empare de son canif et, tout en prenant soin de ne pas heurter Simon qui dégage les débris, elle parvient à agrandir le passage. Juste après qu'ils ont atteint la sortie, l'immense étreinte se disloque en un lourd amas de cire. Derrière eux, les fragments commencent à se ressouder.

«Par là!» s'écrie Noémie en saisissant la main de Simon. Ils foncent vers un couloir ténébreux, la seule issue en vue. Au bout du couloir, il y a une porte. Ils la poussent et débouchent sur une pièce sombre, si sombre qu'il est difficile d'y distinguer quoi que ce soit; que des sons: des battements de cœur, des murmures, des gargouillements. Peu à peu, leurs yeux s'acclimatent, aidés par la lumière des fausses torches fixées aux murs de pierre et par celle d'un stroboscope plus loin dans la salle. Des formes émergent. Celles de poutres de bois, de cordages, de chaînes. De guillotines. De vierges de fer. Et celle d'une table, tout près d'eux. Avec ficelé à elle, vêtu d'un complet, un homme de cire. Il se meut mollement. Au-dessus de lui se balance comme un pendule une lame qui lui lacère l'estomac ; ses tripes se déversent, forment une mare autour de lui, une boue d'intestins, d'organes épars. C'est de la cire. Et pourtant, de la douleur sur son visage, sa bouche qui s'ouvre, se referme, comme celle d'un poisson qui se bat pour rester en vie – et son regard, sur eux ; ses yeux suppliants : *par pitié, par pitié.*

Simon recule. C'est sa mère, là ! Au-dessus de l'homme, sur un tabouret : elle active manuellement le mécanisme. Les cheveux courts, les rides du front, la blouse beige, le dos courbé : le bourreau, c'est bien elle, mais en cire ! Simon trébuche et tombe. Sa mère baisse les yeux dans sa direction. Elle agrippe un tas de vêtements – un complet – descend du tabouret, s'avance vers lui.

Il y a de l'agitation derrière la porte qu'ils ont franchie : c'est, en route vers eux, le premier groupe de statues, probablement reformé en une immense créature composite faite de leurs différents membres fondus et difformes. Noémie agrippe Simon sous les bras pour l'aider à se relever. Elle le tire dans le couloir de la salle aux horreurs, le force à courir dans la lumière stroboscopique, devant les statues de Jeanne d'Arc sur le bûcher, d'un criminel sur la chaise électrique, de Jack l'Éventreur... Simon trébuche encore et s'accroche aux jambes d'un pendu, dont le cou émet un craquement. Noémie hurle. Une silhouette pivote vers elle : Ed Gein. Il se penche pour attraper une hache à ses côtés. Puis, émerge derrière lui, de la pénombre, une statue de Thomas. Son sourire...

– Thomas ? Qu'est-ce que tu fais là ?

Simon s'époumone :

– Noémie ! Te laisse pas avoir ! Il va te casser !

Thomas et sa belle gueule, ses muscles bien définis, sa présence, sa confiance en lui. Toute absorbée qu'elle est dans la contemplation de son *chum,* Noémie pose un pied devant l'autre, dans sa direction, ignorant ce revolver qu'il brandit et dont le canon est pointé vers son visage. Une fraction de seconde avant la détonation, Simon se jette sur elle. Le puissant élan qu'il s'était donné les propulse sur le sol, sous les lumières intermittentes et la fumée, les mains des tueurs en série et des suppliciés tendues pour les toucher. À grands fracas, Noémie et Simon passent la porte battante, qui se referme brusquement derrière eux.

Toutes les couleurs, soudainement ! Ils se trouvent dans le royaume enchanté des personnages de Disney. Pinocchio, Geppetto, Belle de *La Belle et la Bête* et les sept nains, cachés derrière des arbres de carton, dévisagent avec crainte ces deux humains qui essaient de tenir fermée la porte de la salle aux horreurs, secouée par les assauts des méchants de l'autre côté. Simon commence à hyperventiler. Un sifflement retentit à la gauche de Noémie. C'est Peter Pan. Il lui lance une crobar qu'elle saisit au vol et loge d'un coup au milieu des deux poignées de façon à les bloquer. L'enfant perdu approuve d'un hochement de tête. Noémie et Simon se remettent sur leurs pieds. Peter Pan leur indique une salle du doigt : il s'agit d'un décor de capsule spatiale, tout en tôle.

En les voyant s'y précipiter, Darth Vador et Elliot, transportant dans le panier de sa bicyclette E.T. l'extraterrestre, s'éclipsent pour laisser les amoureux se réfugier dans leur vaisseau. Noémie les remercie d'un geste de la main. Simon trouve sur le mur le bouton actionnant la porte de la capsule. Elle se scelle dans un grand bruit d'air aspiré.

Un instant de fébrilité. Puis le soulagement. Les deux humains éclatent en sanglots.

Noémie entraîne Simon vers le fauteuil du pilote, devant le grand tableau de bord aux mille boutons, cadrans et manivelles, face à un hublot. Elle l'y fait asseoir et se glisse à ses côtés. Ils sont tout serrés.

Les voyants lumineux du tableau de bord commencent à clignoter. Ça fait de jolis reflets dans leurs

yeux inondés. Noémie dépose sa main sur la poitrine de Simon pour l'aider à ralentir son rythme
cardiaque. Leurs cheveux et leurs vêtements sont
souillés de cire. Toujours sanglotants, ils entreprennent de la gratter du bout des doigts, mais il y en a
trop, donc à quoi bon. Pour sécher leurs larmes, ils
frottent leur visage l'un contre l'autre.

– Simon, dit Noémie, t'es beau. T'es intelligent.
Dans la salle aux horreurs, c'était un test pour voir si
tu tenais à moi. T'as gagné ! T'as remplacé Thomas.
T'es la personne la plus extraordinaire qui soit, je
veux te protéger comme un joyau. Les jours, les
semaines n'existeront plus : ce qui existera à partir
de maintenant ce sera moi et toi, pas dans le monde.
Je te laisserai être qui tu veux tant que tu me lais-
seras être qui je veux, et nous inventerons notre
vie, et les autres peuvent manger de la marde.

Simon approuve : oui, c'est exactement cela.

Des sons résonnent dans la capsule spatiale. Le
moteur se met en branle et les lumières se tamisent.
La cabine vibre – beaucoup d'abord, puis de moins
en moins, jusqu'à ce qu'enfin le calme revienne.
Derrière le hublot se dessine l'espace, noir, sauf
pour les étoiles et pour la Terre, bleue, sur laquelle
les personnages de cire se sont de nouveau immo-
bilisés, un pigeon a survécu, les voitures ont conti-
nué de cheminer vers d'autres heurts et des milliards
d'humains vers la construction de leur normalité.

———

– Pourquoi ton chandail se soulève comme ça ?

– À cause de l'apesanteur et du désir, Simon.

Leur corps s'élève. Dehors, une aurore polaire s'est formée pour elle-même et pour eux, mais ils ne la voient pas. Ils flottent. Et en même temps que leurs doigts achèvent de faire glisser les vêtements que l'apesanteur avait entrepris de retirer, en même temps que leur sang, s'étant changé en encre suite à leur aventure, s'infiltre dans la peau écorchée de l'autre pour y tatouer des mots dans une langue fantaisiste qui deviendra la leur, la capsule passe devant la face cachée de la Lune, puis devant le visage de Mars. Tous deux passent inaperçus. Un météore secoue leur véhicule – rien n'y fait. Parce que plus rien d'autre n'existe, que la matière n'est plus là et que c'est parti mon kiki.

L'ordre des choses

LE TRAJET DE BUS entre Montréal et la Gaspésie est riche en moments nuls. Longs morceaux d'autoroute, lignes blanches, lignes jaunes, pointillées, continues, simples, doubles, Beloeil, les fourgonnettes, Saint-Hyacinthe, les camions de marchandise, Civic, chars jaunes, la neige sale, feuillus sans feuilles, conifères, lignes électriques, téléphoniques... Heureusement, il y a aussi les hot-dogs sous cellophane des cantines de haltes routières, les dinos et les *monster trucks* du Madrid, et plein de temps pour lire. Noémie tire de son sac le roman *Au temps du fleuve Amour* d'Andreï Makine ; c'est pour se mettre dans une ambiance polaire.

De l'autre côté de l'allée centrale, Simon regarde le paysage défiler, son corps maigre pressé contre la vitre. Il a un drôle de profil d'oiseau, un grand nez dans un petit visage, un espace entre les dents. Et des vêtements trop grands. Des ongles rongés jusqu'au sang.

Thomas remue dans le siège aux côtés de Noémie, la forçant à se faire plus petite. Il l'observe du coin de l'œil. Elle fixe Simon.

• • •

Une semaine plus tôt, dans son appartement du quartier Villeray à Montréal, Thomas avait presque pu sentir sa mère lui respirer dans le cou en composant le numéro de téléphone de son cousin. «Invite donc Simon avec vous autres en Gaspésie. Ça va laisser un *break* à sa mère, ils se sont encore chicanés.» Pour la dixième fois, Simon avait refusé le poste de commis que sa mère lui proposait au bureau de la compagnie d'assurance pour laquelle elle travaille.

En entendant la petite voix de son cousin à l'autre bout du fil, Thomas avait raccroché : pas vrai qu'il se laisserait gâcher ses vacances entre *chums* par le *weirdo*. Les épaules tendues, il avait empoigné son recueil de textes de sciences politiques sur la table, l'avait glissé dans son sac à bandoulière en cuir. Dans l'entrée, il avait enfilé son manteau sport noir et chaussé ses bottes de marche, s'était regardé dans le miroir : les cheveux noirs en désordre, une barbe de trois jours ; un look suffisamment négligé pour avoir l'air désinvolte mais pas pouilleux. Il avait étudié sa posture – une bonne posture – et ajusté ses lunettes à monture délicate sur son beau grand nez, pareil à celui de Simon. Ils ont les mêmes cheveux, aussi. Mais il serait impossible de les confondre. Thomas : un beau jeune homme plein d'assurance ; son cousin : un petit gars faible dont il faut s'occuper. « Vous vous adonnez bien, tous les deux ! Une belle semaine ensemble, ça va vous faire du bien ! » avait insisté la mère de Thomas. « T'es une bonne influence pour lui. Il serait content de te voir. » En sacrant, Thomas avait ressorti son cellulaire de sa poche.

– Ouin, Simon, c'est Thomas.

Simon ne peut pas faire comme tout le monde. Passer ses journées à dessiner et à écrire dans ses cahiers, ce n'est pas comme ça qu'on se bâtit une vie. Vingt ans, encore chez sa mère, jamais allé à l'université, jamais eu de véritable emploi ni de blonde…

– Je m'en vais au chalet de mes parents pour une couple de jours pis ma mère veut que je t'invite.

Facile pour la famille de faire semblant de croire qu'ils s'entendaient à merveille quand ils étaient petits, que l'accident de train et les événements de la semaine au camp les avaient rapprochés, qu'ils se voyaient rarement parce que Thomas était très pris par ses études. Pratique, parce que quand on ne sait plus quoi faire du paquet de troubles qu'est Simon, on appelle Thomas. Et le gentil grand cousin, qu'est-ce qu'il fait ? Il fait ce qu'on lui dit pour ne pas avoir la famille sur le dos.

Thomas, lui, il n'en a pas, de problèmes. Il a une vie. Des amis, un appartement, un bon poste dans l'association étudiante de son université. Il fait du sport, il joue de la guitare – et il joue bien, d'après ce qu'on lui dit. Les gens le respectent. Les études, ça va bien. Avec sa blonde, ça va bien. Pas besoin d'être compliqué.

– *Checke,* je te tordrai pas un bras, là, Simon. Tu dois pas sortir souvent de chez vous ? On va passer du temps entre *chums,* on va faire le *party.* Ma blonde va être là. Tu te souviens de ma blonde ?

Simon se souvenait de la blonde de Thomas.

– Fait que, tu viens-tu ?

• • •

Des gouttes de pluie molles et lourdes viennent lécher les vitres. L'autobus devient un cocon où les passagers, baignés dans une grisaille percée du halo jaune des lumières surplombant les sièges, partagent la même indolence. Simon ne décolle pas son attention du paysage, maintenant brouillé par la pluie. Noémie sent le poids du regard de Thomas. Elle redirige les yeux vers son roman.

Noémie lit tout le temps, et presque exclusivement de la fiction. Thomas lui reproche de ne pas lire d'ouvrages *sérieux* et de ne pas assez s'intéresser à l'actualité. Il a raison. Les nouvelles de catastrophes naturelles, d'actes terroristes, de tout événement important ayant eu lieu sur la planète lui parviennent généralement après tout le monde. Alors, la culpabilité survient. Faire semblant d'être au courant, courir s'acheter un journal et le lire d'un bout à l'autre, voilà ce que fait Noémie avant de retourner chercher sous les oreillers de son lit bien fait le roman dont la lecture avait été suspendue.

Il commence à être question de concubinage. Financièrement, ce serait logique, puisqu'ils dorment presque toujours chez l'un ou chez l'autre. Le matin, avant de partir pour l'école, Noémie réveille Thomas. C'est la routine. Thomas ne peut pas supporter de perdre son temps à dormir quand il y a autre chose à faire. Ses avant-midi sont réservés aux travaux universitaires. Pourtant, le plus souvent, ses cahiers demeurent fermés, le matin. Le soir, aux côtés de son ordinateur connecté à sa page Facebook, il arrive qu'il y ait un ou deux livres d'ouverts. Mais c'est rare. Et il dit toujours avoir eu une grosse journée. Rendu aux fins de sessions, il veut tout faire éclater parce que le temps lui a manqué au cours des derniers mois, parce que les études en politique c'est très demandant, il ne faut pas prendre ça à la légère, ce n'est pas comme autre chose – pas que les études littéraires soient mauvaises en soi, mais, réalistement, *il ne s'agit tout de même que de divertissement*. Lorsque Thomas parle de politique autour d'une table – ce qui se produit dans la plupart des rencontres entre amis –, ça, c'est quelque chose. Il se lève, sort les grands discours. Les autres font pareil. Les garçons de la bande finissent souvent par se serrer dans leurs bras, presque en larmes, sûrs de détenir *la* nouvelle formule pour changer le monde, Thomas à leur tête. Un meneur. Une personne dont on veut se rapprocher. Pas de grande discussion, pas de fête réussie sans Thomas. On trouve qu'ils forment un beau couple : lui flamboyant, elle gentille et compréhensive. Noémie n'a pas besoin de faire de vagues, Thomas s'en charge. Au début de leur relation, les amis de Thomas ont bien averti Noémie de prendre soin du *meilleur gars du monde*. Ça mettait de la pression – être à la hauteur de ce gars-là, beau, intelligent, articulé, spirituel, respectable… La bonne blonde qu'elle est ne les a jamais déçus. Quand une fille sans grands artifices met la main sur une prise pareille, elle ne peut pas se permettre de faire des caprices si elle veut le garder. C'est ce qu'estime Noémie.

On lui a déjà dit qu'elle était jolie. Et même *belle,* quelques fois – mais il lui avait semblé que

---

c'était avec une sorte de compassion, de la façon dont on complimente les filles pas très gâtées par la nature lorsqu'elles se sont pomponnées : « Tu es "belle" ». Ces fois-là, Noémie avait reçu le compliment avec tristesse. Pas qu'il y ait quoi que ce soit de vraiment laid chez elle – ses cheveux châtains sont plats et minces, ses dents, un peu croches, mais pas de là à la rendre monstrueuse ; simplement, ordinaire. « T'es *cute* », ça, on le lui dit, parce qu'elle est petite et frêle. Et aussi : « Tu prends pas beaucoup de place ! » Parfois, si elle rit fort, les garçons se tournent vers elle et se mettent à la regarder comme s'il s'agissait de quelqu'un d'autre – une personne intéressante, et même, sexy, peut-être. Alors, gênée, Noémie se replie sur elle-même en craignant d'en avoir trop laissé paraître, comme si une brèche s'était ouverte pour laisser jaillir son dedans vers le dehors, la laissant transparente. Mais les gens ne s'attardent jamais très longtemps à elle. Jamais assez longtemps pour remarquer, par exemple, que sa peau est si mince que si on se donnait la peine d'éclairer son corps à la lampe de poche, on parviendrait peut-être à voir ses organes. On lui dirait : « Ton cœur bat trop vite, petit animal ! »

Le bus fait un arrêt à Montmagny. Des passagers sortent à la hâte pour se diriger vers les restos avoisinants, d'autres montent, cherchent des places,

31

s'installent en vitesse. Il ne reste presque aucun banc de libre.

Le chalet des parents de Thomas est situé à Miguasha, dans la baie des Chaleurs, en Gaspésie. Cinq de ses amis s'y rendent en voiture; l'un d'eux viendra les chercher tous les trois à l'arrêt de bus à Carleton.

Thomas se lève : plus que deux minutes pour fumer avant de repartir. Les gens sont mécontents de s'écarter pour le laisser passer, mais il ne s'excuse pas. Le *speed* qu'il a pris hier le rend dépressif et antipathique, aujourd'hui. Il en prend rarement, juste assez souvent pour que Noémie ait appris à le laisser tranquille le jour suivant. De toute façon, parler, ce serait trop lourd en ce moment. Comme faussement intime. Ça arrive. Dans ces passes-là, ça leur fait du bien de sortir avec des amis, de boire de la bière, de se montrer ensemble. Les quelques jours en Gaspésie s'annoncent bien en ce sens : des vacances.

Au tout début de leur relation, Noémie et Thomas ont fait un voyage à Québec : un week-end, tous les deux dans un motel. Les murs de la chambre rose *paparmane,* les cadres de paysages tropicaux délavés, la douche hors d'usage, la télé branchée vingt-quatre heures sur vingt-quatre sur un unique poste de films pornographiques, la vieille concierge à la toux grasse, la réceptionniste grimée à mort, tout ça les a bien fait rire. La première nuit, deux bouteilles de vin ont été descendues. Thomas avait apporté sa guitare; ils ont composé l'un pour l'autre des sérénades dégoulinantes de mièvrerie et lu la Bible à la lumière de la lampe de poche, avec force voix d'outre-tombe et bruits d'Halloween. Pour dormir, le plan consistait à monter une tente sur le lit (son idée; il avait toujours de drôles d'idées, au début). Ça a été une opération très compliquée qui s'est conclue par un effondrement du sommier, et du vin dans les draps. Ils ont fini par baiser jusqu'à l'aube, emmêlés dans les toiles et les piquets. Cette fois-là, à cause d'un problème de condom, Noémie a dû prendre la pilule du lendemain. Thomas s'est montré des plus gentils, vraiment, le plus gentil garçon de la Terre à l'apogée de la gentillesse, lui apportant des soupes et des tisanes alors qu'elle était confinée dans ce qui restait du lit, lui lisant avec emphase le roman Harlequin qu'il lui avait acheté au dépanneur pour la faire rire, lui répétant qu'il était là pour elle, qu'il l'aimait, ne paraissant même pas dégoûté quand elle vomissait devant lui. Ça leur a donné l'occasion d'avoir de sérieuses et belles conversations sur les enfants mais pas tout de suite, sur leurs aspirations professionnelles, sur la maison à la campagne et le pied-à-terre à Montréal. Noémie n'avait jamais vraiment pensé trouver l'homme de sa vie, mais tout d'un coup, elle s'était mise à y croire. Naturellement, la pilule du lendemain avait fait son effet et la question de la grossesse avait été réglée.

Dans le bus du retour ce week-end-là, pendant que Noémie vérifiait l'état de sa coiffure, le soleil s'était mis à danser sur son miroir de poche et à envoyer des jets de lumière dans les yeux de Thomas. Il avait sorti un disque compact pour répliquer. S'était ensuivie une terrible guerre de rayons laser, fort déplaisante pour les autres passagers, jusqu'à ce que les amoureux s'arrêtent pour observer l'effet de la lumière sur les couches de couleur et les stries de leurs iris. Ça les avait fascinés pour le restant du trajet, et à partir de ce moment, les globes oculaires de chacun n'ont plus eu de secrets pour l'autre. Longtemps après, ils se sont amusés à deviner l'état de leurs pupilles à l'aveuglette. Si Noémie ne se trompe pas, celles de Thomas devraient être dilatées, aujourd'hui. Mais il y a bien longtemps qu'ils n'ont pas joué à ce petit jeu.

Pizza Montmagny – Livraison gratuite – trente minutes ou c'est gratuit. La pizzeria en face de la gare d'autocars a passé au feu : les murs de briques disparaissent sous une couche de crasse noire ; des planches de bois condamnent les vitrines de l'étage du bas ; les fenêtres du deuxième étage ont été défoncées et des débris de vitres cassées pendent aux montants salis. Les pièces ont été éventrées ; des affiches ont été placardées par-dessus les planches. Les gens passent devant sans regarder, se rendent à la taverne à côté, comme si la pizzeria incendiée était là, dans cet état, depuis des années. Comme quoi il est facile de construire une façade devant les restes du bon vieux temps. Mais peut-être qu'elle va être rebâtie, la pizzeria. Ça se peut. Les fondations sont encore là.

Thomas entre en trombe et profite de ce que son cousin le suit du regard pour embrasser sa blonde avant de se rasseoir à côté d'elle. Le moteur se remet en branle. Quelques heures encore avant Carleton.

Il se passe quelque chose entre ces deux-là. À peine s'ils se sont salués avant de prendre le bus à Berri, et depuis ce temps, pas un mot. Noémie ne savait pas que Simon serait de la partie. Mais il était là, à attendre sagement dans la station d'autobus. En la voyant, son visage s'était illuminé. Celui de Noémie, peut-être un peu, aussi. Mais depuis qu'ils sont montés dans le bus, Simon est dans la lune.

Riding with Lady Luck, freeway, cars and trucks

LE SOLEIL COMMENCE À BAISSER. La pluie a cessé, laissant la neige aux abords de la route à demi fondue et encore plus sale qu'avant. La plupart des passagers de l'autobus sont endormis, les amoureux appuyés l'un contre l'autre, les solitaires tassés sur eux-mêmes, soucieux de se préserver d'un éventuel contact physique avec leur voisin. En diagonale du banc de Thomas et Noémie, deux amis visionnent un épisode de *Seinfeld* sur un ordinateur portable. Un homme ronfle quelque part au fond du bus. Son manteau roulé en boule coincé entre sa tête et la fenêtre, Thomas dort aussi. Tout doucement pour ne pas le réveiller, Noémie se penche, prend le iPod dans son sac, met ses écouteurs. Elle choisit l'album *Closing Time* de Tom Waits et s'enfonce plus profondément dans ses multiples couches de vêtements pendant que montent les premières notes de piano d'« Ol'55 ». Simon a enlevé ses bottes et replié ses jambes contre son torse.

La première rencontre de Noémie et Simon remonte au *party* de Noël dans la famille de Thomas deux ans plus tôt. Ce soir-là, Thomas étant occupé à *clancher* ses autres cousins à *Guitar Hero,* Noémie s'était jointe à une discussion avec quelques femmes de la parenté au sujet de leurs dernières lectures, avant de comprendre qu'il serait impossible de faire dévier la conversation des romans sirupeux en vogue. Elle s'était alors éclipsée à la cuisine sous prétexte de vouloir un autre verre de vin, et était tombée face à face avec un garçon maigrichon aux cheveux noirs. On aurait dit qu'il l'attendait là. Il détonnait : trop humble et vulnérable pour appartenir à un univers où le comptoir et les planchers sont parfaitement propres, les électroménagers modernes et surdimensionnés, où les rideaux à carreaux oranges et jaunes et les bibelots de coqs en fer ont été choisis pour se conformer à ce qui est qualifié dans les magazines de décoration pour dames d'«intérieur accueillant et chaleureux, où il fait bon vivre».

Après avoir pris une respiration, le garçon avait dit : «Je t'ai entendue parler de Steinbeck.» Alors, *bang,* ils avaient commencé à parler, à parler, parler, parler de littérature debout dans la cuisine, pendant une heure, sans reprendre leur souffle, puis à parler moins fort, moins vite, et lui, il soutenait de plus en plus son regard, si bien que Noémie avait commencé à se sentir très gênée et à regarder ses mains, le plancher, le verre de vin qu'elle n'arrêtait plus de remplir, n'importe quoi. Thomas était finalement venu la chercher pour la faire asseoir à côté de lui sur le gros divan de cuir, en jetant un coup d'œil désapprobateur à ses lèvres tachées de mauve, et sans dire un mot à son cousin. Éponger ses mains humides sur sa jupe de Noël en se retenant de le chercher des yeux, en sachant que quelque part derrière elle, il la scrutait ; voilà ce qu'elle avait fait du reste de la soirée, avant de partir en le saluant vaguement et sans le regarder bien qu'il se tenait à moins de un mètre d'elle dans le vestibule, aux côtés de sa maman.

Elle avait repensé à lui. Plusieurs fois, elle s'était masturbée en s'imaginant qu'il pensait à elle en se masturbant, et chaque fois, ça l'avait rendue aussi mal à l'aise qu'excitée. Un trip d'*ego*, clairement, mais ça lui faisait du bien de se remonter dans sa propre estime de petite fille en mal de confiance en elle.

C'était donc dans une robe choisie pour lui qu'elle s'était rendue au *party* de Noël suivant, celui d'il y a quelques mois. Toute la soirée, chacun de ses gestes avait été chargé de sensualité, même les plus insignifiants, comme tendre le plat de patates à un convive à table. Visiblement conscient de la personne à qui s'adressait cette comédie,

Thomas l'avait regardée jouer, avec l'air condescendant du gars qui n'a pas à se sentir menacé, jugeant (sans tout à fait avoir tort) que sa blonde essayait de le rendre jaloux. Mais avec son petit cousin moins beau, charismatique et accompli que lui ? Pas de quoi s'en faire. Il avait quand même pris soin de la garder à ses côtés, question de territoire. Parfait pour Noémie : un bon moyen de la rendre plus inatteignable et, en même temps, de la protéger. Parce que de minute en minute, son rôle devenait de plus en plus lourd à assumer. Jouer à la madame quand elle était petite, jouer à la femme fatale une fois grande, la différence était ténue. En plus, elle se trouvait dans une réunion familiale, et, de surcroît, dans la parenté de son *chum*. Tout ce simulacre lui avait paru risible et triste, soudainement. Surtout qu'elle n'avait pas trouvé le courage de regarder Simon de la soirée. Et quand elle l'avait fait : rien, sur le visage du garçon, rien de l'expression de désir et d'admiration qu'elle lui avait imaginée pendant un an ; qu'une infinie gentillesse, et de la candeur.

Rimouski. Ça brasse dans le bus. Ça extirpe ses bagages, ça accroche des têtes en passant, ça se faufile dehors et s'engouffre dans un autre autobus. Les bancs autour de Noémie se remplissent à nouveau. D'autres passagers restent assis. Thomas se redresse dans son siège, se rendort. Un bébé

pleure, sa mère le console mollement. Des tous-
sotements. De lourds flocons de neige s'écrasent
dans les vitres et le bébé crie de plus belle. Le
bus repart.

Simon observe toujours défiler le paysage hivernal, loin dans la brume. Noémie regrette de
l'avoir souillé avec ses pensées. Revenir à la spon-
tanéité de leur premier échange, ce serait magnifi-
que. Qu'ils soient ces jolies personnes qui aiment
les livres et d'autres choses, naïvement, juste lalali
lalala, mon ami, mon amie. Elle active la fonction
mix de morceaux de son iPod.

Il se tourne vers elle. Elle lui sourit. Il lui sourit.

La chanson «Talkin 'Bout You» de The Ani-
mals démarre, et ça fonctionne avec le moment.

Elle lui sourit encore. Il lui sourit encore. Avec
ses yeux d'enfant.

C'est pas plus compliqué que ça ?

C'est pas plus compliqué que ça.

Carleton, enfin ! À l'heure qu'il est, les cinq
autres amis partis en voiture sont probablement
arrivés au chalet. Il paraît que de Carleton à Miguasha, en voiture, ça ne prend qu'une quinzaine
de minutes.

Mais il y a un problème. L'enseigne du ter-
minus indique «Campbellton». Noémie réveille
Thomas. Son bâillement sent le fond de tonne.

– Thomas, est-ce qu'on est au bon endroit ?

Drame : il fallait changer de bus à Rimouski. Thomas dormait, Noémie ne savait pas qu'il fallait transférer, Simon non plus parce qu'il va toujours en Gaspésie en voiture avec sa mère. Thomas court dehors, extirpe son sac de la soute à bagages et le lance n'importe où dans la neige avant de composer un numéro de téléphone en appuyant tellement fort sur les touches de son cellulaire qu'il pourrait le fendre. Noémie et Simon le suivent en sourcillant. Thomas s'éloigne, parle au téléphone pendant trente secondes puis fait mine de vouloir le fracasser sur le sol du parking, mais se ravise et retourne vers eux, les dents et les poings serrés.

– Ça a l'air qu'on va faire du pouce !

– Ils peuvent pas venir nous chercher ?

– Ben non, la gang de caves, ils sont toutes en train de se torcher la yeule au chalet !

Noémie l'avait entendu dire à son ami la veille qu'il y avait rarement de la police sur le chemin entre Carleton et Miguasha et qu'ils ne se feraient pas attraper s'ils conduisaient saouls. Sauf que Campbellton c'est plus loin, et qu'il y a de la patrouille dans ce coin-là.

– C'est pas grave, Thomas, on va faire du pouce, ça va bien aller.

Il se tourne vers Noémie et s'apprête à crier, sauf qu'elle lui fait un gentil sourire. Il prend une grande respiration.

– Ok. Scuse-moi, je voulais pas m'énerver. Il va juste falloir qu'on se sépare parce que personne va vouloir nous prendre si on est trois. Simon, te sens-tu à l'aise d'y aller tout seul ?

– Oui, oui…

Un mince filet de voix, les yeux fixés sur le sol du parking sombre.

Thomas recommence à s'énerver : son petit cousin a toujours été craintif, mais là, le moment est mal choisi. Le voyant prêt à s'emporter, Noémie s'empresse de serrer la main de son *chum*. Il ferme les yeux, se prend le front d'une main et dit, le plus calmement possible :

– C'est beau. Allez-y ensemble, vous deux. Vous allez avoir moins de chances de vous perdre, de même. Moi je vais faire du pouce tout seul. Je vous laisse mon cellulaire. Noémie, je vais te dessiner un plan, t'auras juste à le montrer au chauffeur.

Ça sourit en dessous des foulards de Simon et Noémie.

Lalali, lalala.

Deux

Un noyau de lumière bleue

LA NUIT EST NOIRE, le ciel étoilé, l'autoroute sans bout et le pouce, infructueux. Cela fait une heure et demie et la lande est toujours loin devant.

Simon est très amusant quand il en a la chance, il raconte des choses, il parle bien. Il aimerait apprendre à mieux marcher, porter des bandanas, se tenir longtemps sur les mains, manger des sandwichs à la crème glacée, mais avec du pain pumpernickel et surtout pas de la crème glacée napolitaine, ça, jamais. Aller dans le Sahara ou en Atlantide. Faire le pitre, la pyramide et le un kilomètre à la nage. Apprendre à faire le mort-vivant comme du monde ; tout ça et plus.

Les kilomètres passent et se ressemblent terriblement. « Le prochain ne s'arrêtera pas », suppute Simon le vieux sage. « Demain c'est pas la veille », pour ce qu'en pense Noémie. Si une voiture passe un pouce se dresse, sinon, à quoi bon. Par ici, cela doit faire une demi-heure qu'aucune voiture n'est passée. Par ailleurs, comment savoir. Les pieds sont des glaçons. La route s'étire, s'étire, s'étire. Encore et encore et encore. Jusqu'à ce que sans préavis une automobile pointe ses phares… et s'arrête ! La conductrice se penche pour ouvrir la portière du côté passager. Elle porte un manteau de chasse trop grand et a les cheveux attachés sur la nuque.

– Où c'est que vous allez ?

– À Miguasha !

– Miguasha ? C't'une trotte !

– Vous voulez-tu nous prendre pareil, s'il vous plaît ?

– Ben ouais, embarquez.

– Merci beaucoup, madame.

L'intérieur est chaud, royalement chaud. Au début ça fait mal, c'est la dé-cryogénie. Et bientôt ça fond, ça dégoutte et soulage. De son siège à l'avant de la voiture, Simon se retourne souvent pour faire de grands sourires à Noémie, assise dans la pénombre à l'arrière. Chaque fois, il faut à celle-ci faire un effort pour ne pas se trémousser d'excitation.

Noémie étire le cou :

– Voulez-vous regarder mon dessin de carte, madame ?

– Ben voyons donc, toi ! Je l'sais où c'est que je m'en vas, moi, ma p'tite fille ! Heille !

– Scusez.

– …Heille…

La dame marmonne, Noémie et Simon sour-
cillent.

Ça va vite. Ça fait changement.

– Vous avez-ti d'la parenté dans le bout de
Miguasha?

– Oui, on s'en va au chalet de ma tante! Ma
mère aussi est de là, elles sont sœurs. Mais elles ont
grandi à Nouvelle, pas à Miguasha.

– Ah ouais! Nouvelle! T'es un p'tit qui, toi?

– Savoie.

– Savoie, ah, ouais? Attends minute, là, que ça
me revienne… C'est ti… C'est-ti ma grand-tante
Zita qui était mariée à un Savoie? Rosaire?… Ben
oui, c'est ça: Rosaire Savoie! Heille, Zita, Zita…
Pauv'er vieille. Ça faisait longtemps que j'avais pas
pensé à elle. Une femme vaillante! A' t'avait une
trâlée d'enfants après elle… quatorze! Quatorze
flos, imagine! Tu passais une couple de mois sans
retomber enceinte pis c'était pas long que le curé
venait cogner chez vous. Ben oui! Regarde-la, en
arrière, qui fait des faces… Ben oui! T'aurais pas
eu de fun là, toi, ma nouère! – Heille! J'en ai déjà
vu un, curé, un vieux maudit – j'étais haute de même,
moi là, mais je m'en rappelle! – pendant un ser-
mon, y a faite des reproches à une pauv'er femme
comme quoi ça faisait trop longtemps qu'a l'avait
pas enfanté… Hein! C'était de même! Ça se mêlait

49

de tes affaires de chambre à coucher pis ça en parlait devant toute la paroisse ! Regarde-la, elle, 'a me croit pas ! Écoute-moi ben, ma p'tite fille, les hommes, ça te faisait des p'tits pis ça s'en retournait bûcher – il fallait ben faire vivre ça, ces familles-là ! Tu revoyais pas ton mari avant… avant, là… des grands bouts de temps ! Heille, c'était pas comme maintenant, là, le sexe… M'a te dire, vers la fin, ma mère, a faisait des « Je vous salue Marie » pendant le devoir conjugal. A priait pour que ça finisse au plus sacrant ! C'est pas des farces ! Vous autres, les jeunes, asteure, avec votre Internet, pis vos couchages à gauche, pis à drette… En tous les cas. J'dis ça, là, mais dans l'fond, vous êtes chanceux, vous avez le choix. Heille, mais, Zita, Zita… Ça te tricotait du linge, toi, des bas, des beaux gros chandails de laine, c'est pas des farces ! Ça l'avait pas une cenne, ce monde-là, ça s'arrangeait comme ça pouvait, mais laisse-moi te dire, ça se plaignait pas. Pas un mot plus haut que l'autre… Pis ça te faisait des tartes ! Eh, monsieur ! T'aurais dû voir ça, les belles tartes aux p'tites fraises, toi… 'A l'allait te cueillir ça dans le champ en arrière de chez eux, la Zita, pliée en deux – regarde-moi, regarde, que j'te dis – de même, pis *aweye,* les p'tites fraises ! Et pis laisse-moi te dire que de la mouche, y en avait ! Mais ça se plaignait pas ! Ah, mais ses tartes… Ses tartes, à Zita, là ! Ah ! Ça te fondait dans' bouche. Heille… dans ce temps-là… C'est pas comme aujourd'hui, hein ? J'te dis…. Asteure, ça s'achète des Seadoos, ça s'en va en vacances dans le Sud, ça divorce pour un oui ou pour un non, pis la garde partagée, pis les enfants… Hein ? C'est pas un monde ! En tous les cas… Ouais… Rosaire Savoie ! Tu connais-tu ça, toi, un Rosaire Savoie ?

– Hmm, non…

– Moi, là, j'vis à Val-d'Amour, mais j'ai grandi à Maria, pas loin d'où c'est qui a le Mam'zelle Maria, asteure. Connaissez-vous ça, la cantine Mam'zelle Maria ?

– Oui, quand j'étais petit, ma mère m'amenait là pour manger de la poutine.

– Ah, ouais ? J'comprends ! 'Est assez bonne, leur poutine !

– Oh oui !

– Oui, hein ? Haha ! T'as du goût, toi, j't'aime ben ! Mais Miguasha, là… C'est beau dans ce coin-là, vous êtes chanceux ! J'y vas une fois de temps en temps, j'ai un cousin qui habite dans l'boutte. Alain Bujold, connais-tu ça ?

– Non, non…

– En tous les cas… Miguasha… C'est beau, hein ? La baie des Chaleurs !…

– Oui.

– Les fossiles !

– Oui.

– Moi ça fait quelques fois que j'y vais.

– Que c'est qu'tu dis, ma belle fille ? 'A parle pas fort ! Une p'tite souris ! Parle plus fort, gêne-toi pas !

– Ça fait quelques fois que j'y vais !

– C'ti vrai ? Pis t'as encore besoin de traîner ton plan ?

– Ben… ouais.

– Tu regardes pas la route ? Que c'est qu'tu fais quand tu y vas ?

– Ben… je lis ou je pense, là…

– Pis toi, mon p'tit gars ? Toi avec, tu lis pis tu penses, j'te gage ?

– Oui.

– Eh ! Eh, j'te dis, le monde de la ville !

– Ou j'écris dans mon cahier.

– Eh ! Les artistes. Avez-vous votre permis de conduire, au moins ?

– Non.

– Non.

– Eh !

Pas très jolie, la dame, et grande gueule… Par réflexe, Noémie a d'abord eu envie de rire d'elle, un peu. Mais pourquoi ? Du vécu, des choses à raconter. Généreuse, vraie, pleine d'assurance…

– Vous avez pas dû vous faire embarquer ben ben souvent à souère !

– Non, on est contents que vous soyez là.

– Ouais ben moi je trouve pas ça *safe* pour des jeunes comme vous autres de faire du pouce dans ce coin 'citte. En plein hiver ! Fait nouère comme su' l'loup ! Pis y'en a, là... Les maniaques !

Noémie regarde filer la ligne jaune au milieu de la route. Comment est-elle, elle-même ? Rangée, gentille, raisonnable : une bonne petite fille que les gens aiment bien ; une présence douce, sans reliefs apparents – «une petite souris», oui. De qui on n'attend pas grand-chose, sauf peut-être de rester fidèle à l'idée qu'on s'en fait. «Change pas ! On t'aime comme tu es !» lui avaient écrit ses amis dans son album des finissants au secondaire. «Change pas»... Autrement dit, contente-toi de ce que tu as, de ce que tu es. Ravale tes angoisses à l'idée que ta vie demeure plus ou moins ce qu'elle est, pour toujours, qu'elle évolue selon les normes établies et respecte le schéma de celles de tes parents. Aie des aspirations normales. Vise l'acquisition d'une maison, d'une voiture, d'enfants, d'un mari, d'un emploi stable qui paie correctement. Apprivoise l'idée de regarder la télévision le soir et de prendre un verre une fois de temps en temps, mais pas trop souvent. Quand tu apprends quelque chose, exclame-toi : «Je vais me coucher moins niaiseuse !»

Aie l'air désolé quand tes collègues te disent qu'ils ont dû envoyer leur voiture au garage, et content quand ils t'annoncent qu'ils se sont acheté un démarreur à distance. Si tu ris pour une bêtise, précise que c'est parce que tu es fatiguée. Renonce à vivre de grandes choses; *quelles* grandes choses, de toute façon? Une grande carrière? Mais dans quel domaine; en littérature? Des plans pour crever de faim. De grandes amours? Tu crois que ça existe? Des *aventures*? Tu voudrais te laisser porter par la vie et sauter sur les occasions, ne pas y repenser à deux fois, te jeter tête première, foncer comme un taureau –, t'arranger pour te *péter la gueule*? Calme-toi, petite fille. On n'est pas dans un roman. Contente-toi.

Mais Noémie a déjà lu un truc. Une citation de Jack Kerouac disant que les seules personnes valables à ses yeux étaient les gens fous, les déchaînés qui veulent tout avoir en même temps, ceux qui fuient les lieux communs, et parlent, et vivent, et brûlent comme des feux d'artifice, explosent dans le ciel pendant qu'à la vue de leur noyau de lumière bleue les gens s'émerveillent.

Simon en est un, feu d'artifice. Un feu d'artifice sous une couverture, avec un noyau de lumière bleue secret. Il a l'air d'inventer, de jouer avec sincérité, sans avoir à prouver quoi que ce soit à quiconque. Spécial parce qu'il l'est pour vrai.

Noémie aussi, elle veut essayer. Ne pas être comme d'habitude.

La voiture s'immobilise à l'entrée d'un village, au croisement de deux routes.

– Bon ben, moi, il faut que je tourne de ce bord-là, ça fait que je vous *droppe* icitte.

– Merci beaucoup, madame, c'était bien le *fun*.

– Bonne chance, les jeunes ! Faites attention à vous autres, là.

Le sac sur les épaules, les pieds dans la neige sale, de nouveau. La voiture s'enfonce dans l'obscurité d'une route de campagne. Avec son départ, le retour des grands vents, qui tournoient et qui fouettent sous la lumière jaune des lampadaires. L'Arctique doit commencer quelque part dans le coin de la Gaspésie, contrairement à ce qu'en disent les livres de géographie.

Simon ne dit pas un mot, ferme tous ses boutons, secoue ses membres et entreprend une marche silencieuse, Noémie à sa suite. Simon est une sentinelle gardant l'entrée d'un bâtiment officiel, oui, un hallebardier impossible à faire réagir, un moine tibétain concentré sur sa modeste plénitude intérieure. Quand Simon décide d'avoir l'air solennel, nulle solennité par monts et par mers ne lui arrive à la cheville. À croire qu'en tout temps, quelque part en dessous, il y a une surprise qui mijote. Et que ça pourrait exploser.

– Les hommes des cavernes, ils en avaient pas, des autos.

– C'est juste.

– Noémie, faisons une course jusqu'à Miguasha, comme les hommes des cavernes.

– Ok. J'te gage que j'te *clanche*.

– J'cours vite en p'tit Jésus.

– J'cours vite en *tabarslack*.

D'un coup, Simon se transforme en fusée. Le noyau de lumière bleue à l'air, il part en flèche le long de la route, en bougeant ses bras et ses jambes dans toutes les directions comme un bel innocent. Sans perdre une seconde, Noémie s'engage dans une course folle sur ses petits pieds frêles. Oubliant sa piètre condition physique, elle court. Elle talonne Simon, arrive à sa hauteur, tient le rythme, accélère, et le *dépasse*. Du jamais vu dans l'histoire de l'humanité : Noémie gagne à quelque chose ! Et soudain entend un bruit sourd derrière elle.

Simon gît sur le bord de la chaussée. Son corps se recroqueville.

– Simon ! Oh non merde oh non oh non !

– Non…

Un crachat de sang.

– Ah… ça va.

La peau de sa mâchoire est lacérée par la glace, et sa bouche ensanglantée. Des sifflements franchissent ses lèvres. Noémie s'agenouille près de lui, mais pas trop près, et ne porte pas sa main à la blessure. Elle ne fait que demander si ça va oh mon dieu, si ça va, et brasser l'air de ses petites mains. Simon s'assoit en essayant de rire.

– La glace noire.

Il se lève et fait mine de recommencer la course, mais se ravise et se penche plutôt pour s'emparer d'une poignée de neige. Il tourne le dos à Noémie et commence à frotter son manteau. Trop tard, Noémie a déjà vu la tache sanglante.

– Ha ha ! Pauvre Simon, viens, il y a un restaurant, là-bas… On va aller se réchauffer un peu.

Et pour compatir, elle se met à boiter à ses côtés.

• • •

Si, sur la Terre, un individu recherche au moins un, *un* restaurant encore fumeur, un restaurant où il aurait le droit de s'allumer à n'importe laquelle des tables, sur n'importe laquelle des chaises, loin de la fenêtre, près de la fenêtre, aux toilettes, dans la cuisine, en se farcissant un sandwich pain blanc toasté moutarde jambon, si vraiment tel est son souhait, qu'il aille au *truck stop* Chez Nancy, à Pointe-à-la-Croix. Chez Nancy, en plus de la masse de cendriers souillés empilés dans les coins, il y a des couronnes de Noël aux murs à l'année longue, une machine à toutous fluos munie d'un bras électrique qui plonge dans le tas, un porte-manteau croche, et même une serveuse à son image : croche. Comme si le porte-manteau s'était dédoublé et avait pris vie. De la voir trimbaler un plateau bien garni en se *swingnant* sur sa hanche difforme qui fait presque s'incliner son corps à angle droit d'un côté, c'est du spectacle : « Iiiiih, elle va-tu l'échapper, iiiiih, le Coke est sur le bord de, iiiih… » Et elle tète sa pipe, la dame, et elle rit fort des blagues sales des camionneurs.

La gueule de Simon désenfle tranquillement. Le récit a bien amusé la serveuse-porte-manteau ; si le *truck stop* est un feu roulant de faces de boxeurs, peu d'entre elles sont issues d'accidents aussi peu virils. Cela a mérité à l'amoché un beau sac de plastique rempli de glace et un succédané de café gratuit. Nulle raison de se plaindre. Surtout qu'être assis au chaud, à parler entre pouceux, c'est pour le moins plaisant. Et Simon a déjà vu pire.

Quand il était petit, une fois, il a roulé sous un train. Thomas et lui avaient l'habitude de traîner près d'une voie ferrée pour regarder passer les convois de marchandises. Simon s'imaginait des gars avec des fusils qui se couraient après sur le toit du train, des wagons remplis de *slingshots,* de têtes de morts ou de singes, un monstre géant et mauve qui voudrait les manger, un gros réservoir d'acide radioactif vert vraiment mortel, des Anglais avec des moustaches et des monocles qui diraient juste «*yes yes*», un prototype de nouvel animal un quart baleine, un quart chien, un quart serpent, un quart lion, un wagon-aquarium géant avec des labyrinthes où ils pourraient nager. Un jour, Thomas a annoncé qu'ils iraient dans le train. L'excitation de Simon, c'était pas croyable. Ils se sont rendus près du chemin de fer après le dîner, comme d'habitude. Quand le convoi est arrivé, Thomas a crié: «Vas-y!» Simon a couru le long des rails et s'est donné un élan pour s'agripper à une échelle fixée au flanc d'un wagon. Mais sa main a glissé. D'un coup, il a été aspiré sous le train. Comme ça. Sans que les roues le touchent. Étendu entre les rails, les wagons filant au-dessus de lui, dans la pénombre et le vacarme, il hurlait – en fait, il lui semble qu'il criait, mais le bruit était si fort, tout était si flou, si intense qu'il lui était difficile de savoir s'il criait bel et bien. Mais il était certain qu'il allait mourir, ou même qu'il était déjà mort. Puis le train est parti. Couché sur le chemin de fer, Simon ne sentait rien. Il ne faisait que trembler et avoir le soleil dans les yeux. Il ne pleurait pas, parce qu'il en était incapable – comme s'il avait été mort, vraiment ; en plus, avec le soleil, il se disait que ça devait ressembler à ça, le paradis. Il est resté étendu pendant longtemps. Puis, il a regardé autour et a vu Thomas, inconscient, dans l'herbe. Simon a voulu se lever pour aller voir, mais en essayant de se remettre sur ses pieds, il est tombé. Son genou faisait très mal. Il y avait du sang, beaucoup de sang. Assis là, il a attendu que son cousin reprenne conscience. Quand il l'a fait, il a failli s'évanouir de nouveau en apercevant le genou. Mais il s'est ressaisi et est allé chercher la mère de Simon. Après, Simon a eu des opérations, quatre ou cinq, au genou. Il n'a pas pu marcher pendant un an. Besoin d'une chaise roulante. Sa mère était très triste. Simon aussi. S'il avait eu un père, lui aussi aurait été triste.

Noémie est secouée. Le petit Simon, seul sur la voie ferrée, le genou en morceaux… Une histoire pareille, pourquoi Thomas l'a-t-il gardée secrète ? Et pourquoi ne pas avoir cherché à grimper sur le train, lui aussi ? «Vas-y», c'est ce qu'il a dit.

– J'peux-tu te montrer ma cicatrice, s'il vous plaît ?

Noémie acquiesce, en essayant de chasser l'image d'un Thomas enfant se réjouissant à l'idée d'expédier son cousin sur un train de marchandises. Simon remonte la jambe de son pantalon.

Des lignes, des points, de la couleur peau et du violacé, des collines, des vallées de chair. Un chantier, mais cicatrisé.

– Il y a eu des complications.

– Oh, Simon…

Elle voudrait toucher, mais ses mains restent à plat sur la table du restaurant.

– T'es dégoûtée.

– Non, je suis pas dégoûtée, je te jure. Tu vas pas me croire, mais je trouve ça beau.

– Ah, arrête, tu te sens obligée, j'aurais jamais dû te montrer ça, c'est dégueulasse.

– Non ! Non, c'est… On dirait que t'as fait la guerre.

– Mouais…

– Une vieille, là, avec des lettres à ta fiancée pis «Sweet Home Alabama» en *background*.

– J'ai fait *Forrest Gump,* tu veux dire.

– Oui, t'as fait *Forrest Gump.*

– Ok… Merci.

Noémie roule des bouts de napperon de papier entre ses doigts tendus. Elle forme des spirales qu'elle tortille et désentortille. S'entremêlent le genou, Thomas enfant, les explosions de grenades, le fauteuil roulant.

– Non, c'est vrai, je trouve ça beau. On dirait les reliefs qu'il y a sur les globes terrestres…

– Attends… Tes spirales… Ma mère fait ça. Quand elle jase à une table avec mes tantes, quand elle regarde un film, quand elle est *relax* et qu'elle pense, elle prend un bout de papier et elle le roule entre ses doigts. Quand j'étais petit, je la regardais faire et ça m'apaisait. Rouler, dérouler… comme si c'étaient ses pensées qu'elle manipulait. C'est sa doudou, les petits papiers… Excuse-moi, ça m'a fait penser à elle, je t'ai interrompue, je suis une ordure.

– Mais non. Je suis comme ta mère.

– Tu es comme ma mère.

– Tu l'aimes, ta mère ?

– Oui, je l'aime beaucoup.

Il prend une grande respiration.

– Pourquoi tu prends une grande respiration ?

Il sourit.

– Pourquoi tu souris ?

Il rit doucement.

– C'est juste que… c'est pas toujours facile, avec elle.

– Pourquoi ?

– Elle voudrait que je sois quelqu'un d'autre.

– Qui ?

– Un fonctionnaire, un adulte, je sais pas… quelqu'un de normal.

– Mais elle est belle, ta pas normalité !

Simon baisse les yeux.

– Ça, on ne me dit jamais ça. Toi aussi, Noémie, elle est belle, ta pas normalité.

– Non. Moi je suis un vrai fonctionnaire, avec pas de fioritures et pas de crémage.

– Pas vrai. Un fonctionnaire ne dirait pas ça. T'es magnifiquement pas normale.

Noémie pourrait presque sentir son cœur gonfler. Un des camionneurs lance une blague pas facile à entendre ; elle doit être bien salée parce que tout le monde s'esclaffe. Ça se met à vibrer dans la poche du manteau de Noémie. Elle éteint le cellulaire. Et demande :

– Qu'est-ce qui est arrivé à ton père ?

– Mon père ? Hem… pas de papa.

– Il est mort ?

– Non, non, j'en n'ai *vraiment* jamais eu. Ma mère voulait un bébé mais elle était toute seule. Pour te mettre en contexte, ma mère, c'est une mère-née. Quand elle était petite, elle traînait sa poupée partout, vraiment partout. Elle exigeait que ses parents lui servent aussi à souper, elle changeait ses couches plusieurs fois par jour, tout ça. Jusqu'à tard, là, jusqu'à dix ou onze ans. Elle a jamais été très populaire avec les garçons. Pas la plus belle, timide…

– Comme toi.

– Comme moi. Je sais qu'elle a déjà eu un amoureux au cégep mais à part ça, je sais pas trop. Et un jour, à trente ans, elle s'est dit que si elle voulait un bébé, mari pas mari, c'était maintenant ou jamais. Elle est allée à une banque de sperme, et... tadaaam ! Simon.

– Nooon... Ça veut dire que t'as *vraiment* pas de père !

– Ben, un peu, quand même : un monsieur qui se touche dans une cabine. C'est tout. J'essaie de l'imaginer, des fois... Pas en train de se toucher, je veux dire, juste comment il est. Sûrement petit et maigre et laid. Avec des pieds de Ewok.

– Des cheveux n'importe comment.

– De grosses rotules.

– Des ongles rongés.

– Un nez d'oiseau.

– Des yeux foncés.

– Une face de boxeur.

– Une face qui sourit plus qu'on le pense.

Simon tourne la tête pour regarder dehors. Un homme pisse le long du mur de la station-service.

– Regarde, ça doit être lui, là-bas.

Les tasses s'entrechoquent sur le plateau de la serveuse-porte-manteau.

– C'est rare, mais avec toi, j'ai pas peur de parler. Noémie.

– Je suis flattée.

– Félicitations.

Une tasse se fracasse sur le sol. Ça siffle et applaudit du côté des camionneurs.

– Toi, est-ce que tu me racontes quelque chose ?

– Ben… J'ai jamais eu d'accident, j'ai une mère et un père. Ils sont séparés. Rien d'excitant de ce côté-là. Mais veux-tu que je te raconte un de mes souvenirs d'enfance préférés ? C'est le premier rêve dont je me rappelle. J'en n'ai jamais parlé à personne parce qu'il n'est pas assez spécial, mais, je sais pas… J'y pense souvent, ces temps-ci.

– Raconte !

Noémie devait avoir quatre ans. Ses parents et elle habitaient à Saint-Romuald, en banlieue de Québec, dans une grande maison sur un mur de laquelle son nom était peint quelque part sous la tapisserie, et dont les plates-bandes à l'extérieur étaient ornées de fleurs blanches et toxiques.

C'était l'été. Il y avait quelque chose – une menace douceâtre dans l'atmosphère. Ses parents et elle se tenaient debout dans la cour, à contempler le ciel. Il était rouge, et à cause de lui, tout était rouge. L'air était immobile. Pourtant, l'enseigne lumineuse du Couche-Tard volait dans le ciel, comme soufflée par un vent d'une grande puissance et qui toutefois demeurait imperceptible. Le gentil propriétaire du dépanneur affichait un air serein. Ça ne fonctionnait pas. Parce qu'il y était accroché, à l'enseigne, il s'y agrippait d'une seule main et ensemble ils planaient au-dessus de la ville. Ça n'allait pas du tout, et tous les trois, ils restaient là comme si ça allait.

Noémie lève les yeux. Simon la regarde d'un drôle d'air.

– Noémie, est-ce que c'est une blague?

– Ben... Non. C'est mon premier rêve. Qu'est-ce qu'il y a?

– Est-ce que Thomas t'a fait lire un de mes vieux cahiers ou quelque chose comme ça?

– Non! De quoi tu parles?

– C'est mon rêve, ça. C'est le rêve rouge. *Mon* premier rêve de quand j'étais petit!

– Quoi?

– C'est mon rêve! Quand j'étais petit, j'ai fait exactement le même que toi, et moi aussi, c'est le premier dont je me souvienne. Sauf que c'était juste avec ma mère. Mais c'était l'été aussi, et il y avait tout ce que t'as dit, le ciel rouge, l'atmosphère bizarre, l'enseigne du Couche-Tard dans le ciel, le proprio... *Noémie!* J'ai fait le même rêve! Mais moi j'étais à Saint-Bruno, je devais avoir un peu plus que cinq ans... T'as quel âge?

– Dix-neuf.

– Moi, vingt.

Ils ont fait le même rêve en même temps.

Les membres engourdis, le visage blême, Simon prend la main de Noémie, l'entraîne dehors, la fait s'étendre à ses côtés sur la butte de neige près du stationnement, et regarder le ciel, sous les néons rouges traçant les mots *Chez Nancy*.

Le rêve rouge II, mettant en vedette Simon et Noémie

C'EST L'ÉTÉ. Noémie et Simon, en culottes courtes, t-shirts et souliers de course, sont assis sur des balançoires dans la cour arrière d'une maison de banlieue. Ils sont frère et sœur.

« T'es prête ? » demande Simon. Noémie hoche la tête, un sourire aux lèvres. Le premier élan fait déjà monter leurs balançoires bien haut. Au deuxième, leurs pieds pourraient presque toucher les nuages. Au troisième, Simon crie : « Go ! » Sitôt les chaînes lâchées, ils sont propulsés dans le ciel rouge. Comme Noémie ne s'était pas donné une assez grosse poussée, elle doit rebondir sur le sommet d'un arbre pour rejoindre Simon à la hauteur des oiseaux. En la voyant arriver à ses côtés, il rit de plaisir. Ils planent. Le supermarché est là, en dessous, le dépanneur aussi ; son propriétaire les salue : bon vent, les jeunes ! Les maisons rapetissent au fil de leur ascension, les piscines hors terre de même, jusqu'à bientôt composer, avec les routes et les champs, une mosaïque grise, brune, turquoise, verte. Bientôt, les nuages les enveloppent de leur vapeur.

Un vrombissement s'approche derrière eux. C'est un jet supersonique. Quand il parvient à leur hauteur, ils se font un sourire entendu, se lancent sur l'une des ailes et s'y accrochent, côte à côte. L'avion file, traverse les nuages, survole des montagnes, des villages, des lacs. Les dents de Noémie et Simon sèchent à cause de la vitesse. En moins de deux, le jet parvient au-dessus de l'Arctique, tout en blanc et en bleu. Ils lâchent prise. La chute est vertigineuse, l'atterrissage sur un glacier, un peu brusque. Pris de panique, un groupe de phoques sautent à l'eau. Il fait froid ; Noémie et Simon se blottissent l'un contre l'autre.

Une chaloupe passe près de la berge, une équipe d'explorateurs américains aux barbes de verglas à son bord. Une baleine colossale perce les flots et retombe sur elle, la faisant se fracasser en un million d'éclats de bois. Un monstre des glaces de la grandeur d'une montagne s'extirpe des profondeurs. Une petite Amérindienne rend visite au rivage avec, sous ses mille peaux, un ventre démesuré et rond qui commence à dégoutter.

Noémie et Simon s'endorment sur le glacier à la dérive. Bonne nuit polaire.

Raspoutitsa

– Pas ben, ben *smart,* ça, j'veux dire. Que c'est qui vous a pris ?

Chaque centimètre de bitume se volatilise sous les roues du camion de marchandises sans même laisser le temps de subodorer son existence. Même dans les courbes. Ça va très vite. Voilà vingt minutes que l'homme bien en chair et peu en os qui criait des saletés à la serveuse-porte-manteau les sermonne.

Leur absence a été remarquée quelques minutes après leur départ. Puisque leurs affaires étaient toujours à la table, la serveuse a d'abord conclu à une visite aux toilettes. Au bout d'un certain temps, s'inquiétant de ne pas les voir revenir, elle a jeté un œil dehors. Tout le restaurant a été ameuté.

– Ça l'avait l'air ben romantique, votre affaire, là, mais... Vous auriez pas pu attendre de vous trouver un motel ? Des plans pour attraper votre coup de mort ! Couchés dans' neige en t-shirt...

La réalité faisant peu à peu son chemin à travers les manteaux de camionneurs empilés sur elle, Noémie avait un instant envisagé de raconter le rêve rouge à la volée, dans le restaurant, pour justifier l'affaire. Mais elle s'était retenue à la dernière seconde : c'était trop précieux. «Scusez», avait-elle simplement lancé avant de plonger dans les bras de Simon. Un tas de manteaux foufou. «Sont innocents, mais sont *cutes* pareil…», avait soufflé la serveuse-porte-manteau. L'homme de chair avait insisté pour reconduire «les deux *newfies*» jusqu'à la porte du chalet.

Ensevelis sous un déluge de contenants de styromousse de restauration rapide et de gobelets à café en carton, baignés dans une éloquente odeur de masculinité et de cigarette, les deux *newfies* rigolent tellement, encore perdus quelque part dans le ciel rouge, que l'homme de chair se laisse gagner par leur gaieté. Se mettent à fuser les taquineries au sujet du nez de Simon, toujours enflé à cause de sa chute sur la glace. «Tu n'as mangé toute une !», «C'ti ta blonde qui t'a faite ça ?», «'Tu faite en peau de pet, ciboire ?» s'excite le monsieur en lui donnant des coups de coude. Un chat est sorti du sac : la dame de Val-d'Amour les a conduits plusieurs kilomètres à l'inverse du bon chemin. Elle faisait sa fine, la dame, mais elle était dans les patates. L'homme de chair trouve cela bien comique. Il assaille Simon de clins d'œil: «Les femmes!» Ça lui fait plaisir d'avoir de la belle jeunesse à bord. «M'as t'dire que t'as l'œil, mon *chum,* pour les p'tites filles! Héééé j'te dis! T'as peut-être pas la yeule, mais t'as l'œil!» Son rire gras dégénère en toux grasse. «Héééé, monsieur.»

Kilomètre après kilomètre, les sapins filent de chaque côté de la route. Puis perce d'abord par bribes entre les arbres, et bientôt se détache seule et grande sur le fond enténébré, une surface lisse et brillante, loin, très loin. C'est le reflet, sous la lune, de la mer glacée. Sans crier gare, l'homme de chair éternue très fort et profite de ce que le silence des dernières minutes soit rompu pour lancer:

– Ça fait-ti longtemps que vous sortez ensemble?

Un boisé cache de nouveau la mer. Avec les phares, les sapins paraissent, les branches de surface ressortent. Mais les intérieurs d'orée des bois restent enfouis avec les cerfs et les monstres des profondeurs. Le silence. Thomas revient à l'esprit. Thomas, qui se lève pour déclamer, Thomas, à l'autre bout du monde, qui se pointe dans la salle de bain exprès pour lancer des regards condescendants à celle qui se met du mascara, Thomas, à moins d'une dizaine de kilomètres, qui boit une Labatt 50 parce que c'est ironique de boire de la bière de *mononcle…* Ça pèse, ça pèse tellement.

Redevenir la vieille Noémie, se détacher du frère de rêve. Sans prévenir, Simon s'éclaircit la gorge et dit : « Non ».

Le camion s'immobilise. Ils sont arrivés. La porte du chalet s'ouvre. Une silhouette s'avance à leur rencontre.

Trois

Représentations

O N CRIE, on court dans le chalet, on fait clignoter les lumières. Bien que les guitare, djembé
et didgeridoo soient sortis de leur étui, la seule musique produite entre ces murs est celle du décapsu-
lage compulsif de bières, avec en accompagnement,
un spectacle pyrotechnique de sambucas flambées.

L'arrivée de Noémie et Simon passe presque
inaperçue. Mais que Thomas se soit absenté pendant dix minutes, le temps de les accueillir, et c'est
la panique :

– *Thomas !* Où-ce que t'étais ?

La foule de cinq individus aspire le roi de la fête
vers son centre. Il tend la main vers Noémie comme
dans les grandes tragédies grecques ; mon dieu quel
drame, quel drame se joue dans l'arène, Noémie a
perdu son *chum* parmi les badauds, il sera sacrifié,
jeté en pâture aux lions, pitié, faites quelque chose,
c'est ça, allumez-lui un joint. La fumée stagne déjà
en nuage au-dessous de la lampe. Humide comme

un mois de juin, parfumé comme un hippie en camisole mouillée. De splendides vacances à l'horizon, idéales pour le ressourcement prévu. Le plan consistait à se rendre en Gaspésie pendant la semaine de relâche pour se reposer et se purifier. Des randonnées de ski de fond, des cures de sommeil, un sevrage de café, d'alcool et de cigarettes, des repas à base de légumes et de légumineuses, du yoga, des chaînes de massage; voilà ce qu'il y avait à l'horaire. Une odeur de friture flotte déjà dans le chalet. À ce rythme, dans une heure, le groupe devrait être mûr pour une partie de *spin the bottle*.

Les amis: trois gars et une fille *wannabe* révolutionnaires, portant les mêmes t-shirts du Che, sacoches du Népal (où ils n'ont jamais mis les pieds), bracelets de cuir, macarons «Libertad», «Je me révolte donc nous sommes» achetés aux tam-tams, un dimanche, au pied du Mont-Royal, le lendemain d'un *party* où ils ont chanté des chansons parlant de drogues et des rengaines inventées pour la dernière manif de gauche à laquelle ils se sont présentés sans vraiment savoir pourquoi, juste parce que c'est cool de gueuler contre l'Autorité, quelle qu'elle soit. Et aussi, il y a la grande conne qui s'amène en bougeant ses bras de squelette.

– Iiii, Noémie, j'suis contente que vous soyez arrivés! Hey, j'commençais à être inquiète, maudine! Scuse-moi, j'suis un peu pompette là, hihihi!

Thomas me disait que t'es en langues, je savais pas !
C'est cool ça, chouchoune ! Moi je parle espagnol.

– En lettres.

– Toute fine, toute douce, je suis sûre que tu
serais capable d'apprendre toutes les langues que
tu veux ! Hey tout le monde, avouez que Noémie
c'est la plus *sweet* !

La grande conne, c'est l'ex de Thomas. Elle est
excitée excitée excitée et elle aime prendre les gens
dans ses bras, tous les gens. Ses phrases contien-
nent des points d'exclamation, tout le temps, et des
non-sens. Elle souffre également d'une grande in-
capacité d'écoute.

Posée.

Utile.

Tolérable.

Éminente.

Ici sont énumérées quelques-unes des qualités
non applicables en cas d'acrostiche à son nom.
Particulièrement quand elle caresse le visage blessé
de Simon, qu'elle ne connaît même pas, en faisant
semblant de s'inquiéter de ce qui lui est arrivé. Et
qu'elle lui fout un verre de sangria dans les mains.
Et qu'elle l'aide à boire.

– Noémie, t'en veux-tu, de la sangria ? Aweye
don' ! C'est moi qui l'a faite ! *Full* vin !

– J'pense que je vais aller dehors.

La mer, l'hiver. Couverte de neige. Il doit faire très noir en Arctique pendant la nuit polaire. La nuit polaire. Avec Simon sur un glacier à la dérive.

— Ah, t'es là, toi !

Thomas. Comme s'il ne savait pas que Noémie était dehors.

— Pis, le pouce ?

— Bof…

— Ça vous a pris du temps.

— Ouais…

— Fait pas chaud, hein ?

— Non.

— Avec Simon ?

— Quoi, avec Simon ?

— Il est cool, hein ?

Noémie le regarde, interloquée.

— Je l'aime, mon cousin.

— Thomas, pourquoi tu dis ça, tu l'aimes pas !

— De quoi tu parles ? J'ai jamais dit ça !

— T'as essayé de le *shipper* sur un train !

— *Quoi ?* Qu'est-ce qu'il t'a raconté ?

— Ça. Que tu lui as dit de sauter sur un train quand vous étiez petits, il m'a montré sa cicatrice, c'est quoi cette histoire-là ?

— Noémie, tu peux pas te fier à ce qu'il dit, ce gars-là. Non, non, non, va-t-en pas ! Écoute-moi. Tiens-toi loin de lui. Ok ?

— Pourquoi ? De quoi t'as peur ?

– Qu'est-ce que t'as? C'est pas toi, ça! Noémie, reste ici! Je fais juste te dire de ne pas écouter ses histoires, ok? T'as pas besoin de tout savoir, fais juste te tenir loin de lui.

Pissou. Incapable d'assumer ses torts. Est-ce que c'est si dur que ça d'être vrai? «C'était de ma faute, l'accident. Moi aussi, j'en fais, des erreurs. Là, j'ai peur. Qu'est-ce qui s'est passé entre vous deux? Pourquoi j'ai pensé que vous n'arriveriez jamais? Pourquoi j'ai besoin de surveiller si tu le regardes? Pourquoi lui il te regarde par la fenêtre depuis tout à l'heure? Pourquoi t'as pas souri en me voyant, quand t'es sortie du camion?» Poser les questions. Est-ce que c'est si dur que ça?

Noémie frissonne. C'est une impression, ou Simon la fixe véritablement par la fenêtre depuis tout à l'heure? Ça n'est pas une impression. Son regard ne s'est pas détaché d'elle depuis sa sortie. Depuis qu'elle s'est mise à marcher de long en large devant le chalet, depuis qu'elle s'est immobilisée et mise à piétiner la neige sur place, juste sous la fenêtre, sous ses yeux. Peut-être à cet endroit-là sans s'en apercevoir. Sûrement pas. Quand Thomas est sorti à son tour, le front de Simon s'est plissé. Ses dents se sont serrées. Malgré la chaleur à l'intérieur, tous les membres de son corps se sont raidis et mis à trembler. Noémie pivote vers le chalet. En retournant à l'intérieur, elle n'aurait plus à être seule avec Thomas. Ça ne serait pas une mauvaise idée. Il fait froid. Simon, dans la cuisine, au milieu du tintement des verres, suspendu dans la vapeur du nuage humide, enfile un chandail.

Thomas saisit le visage de Noémie dans ses mains. Qu'est-ce qu'il fait? Il veut faire semblant? Donner un spectacle? C'est ça. Ses doigts se glissent dans les cheveux de Noémie. Son visage se presse contre le sien. Sa bouche trouve son oreille, mordille. Chuchote «Je t'aime» pour donner le coup d'envoi à la comédie. Ses lèvres s'activent sur celles de Noémie, sa tête penche d'un côté, de l'autre, théâtralement. C'est le grand jeu, la passion, comme au cinéma, comme dans les films où les amoureux sont amoureux, où l'on peut pleurer à cause d'un baiser, où il bruine, où il pleut, où il tempête et que ça ne dérange pas, où tout s'efface autour, où la caméra encercle le couple dans un travelling vertigineux, où les couleurs se mélangent, la musique embarque, où les passants ne voient pas les amoureux seuls au monde, où le conflit est réglé et que l'avenir est beau, où il ne serait pas utile d'en montrer davantage parce que tout le monde comprend que ça va se terminer par un mariage et des enfants et la vie parfaite avec les soupers entre amis, les voyages sur un coup de tête, la maman avec la casquette de baseball, les baskets et le t-shirt blanc que le papa a hâte d'enlever quand les enfants seront couchés, le *fade out* quand ils s'étendent sur le lit et que ce qui suit s'annonce sans contredit jouissif parce qu'avec le temps, il est certain que le papa connaît sur le bout des doigts les caprices intimes de la maman et que les gémissements qu'il va lui soutirer seront sincères et doux et passionnés, comme à tous les coups, comme au moins deux fois par semaine, et ce, jusqu'à leur vieillesse qu'ils partageront enroulés ensemble dans une couverture près du feu de foyer avec, dispersés autour d'eux, des enfants jamais saturés des histoires folles et drôles et imaginatives des deux grands-parents les plus merveilleux de la Terre. Noémie n'y croit pas une seconde. Elle laisse faire le gars qui a poussé son nouveau frère de rêve à grimper sur un train de marchandises. Elle attend que ce soit fini, les mains dans les poches, en espérant que ça ne dure plus trop longtemps, en croisant les doigts pour que Simon soit monté au deuxième étage, qu'il soit parti aux toilettes, qu'il ne regarde pas, surtout pas dehors. Mais Simon n'a pas manqué une fraction du spectacle : il s'est approché de la fenêtre. Thomas est content de sa performance. Il pose le baiser final sur le front de sa blonde, paternel, et l'enlace tendrement en soupirant, soulagé : le problème est réglé. Sa blonde regarde ailleurs, à l'intérieur, dans les yeux de Simon qui sourit tristement pendant que les siens s'emplissent d'eau.

Hivernage

DES FOIS, Noémie s'imagine des accidents. Toutes sortes d'accidents. Perdre pied à cause d'une plaque de glace sur le coin d'une rue, glisser jusque sous un autobus en mouvement ; voir ses tripes éparpillées sur la chaussée. Marcher en buvant un verre d'eau ; trébucher, tomber tête première par terre : le verre se fracasse, transperce le visage, puis le cerveau. Avoir son foulard coincé dans un moulin de remontée mécanique en ski, se retrouver pendue au-dessus de la piste. Avoir trop bu, tomber du balcon, se rompre le cou. Dans ces mises en scènes, c'est elle la victime. Ça lui revient toujours en tête. Mais des fois, c'est Thomas qui meurt et c'est elle qui le découvre.

Les rideaux du chalet sont tirés pour bloquer le soleil de l'après-midi. Des bouteilles de bière vides, des verres à *shooters,* des cendriers pleins et des assiettes sales traînent sur les tables et comptoirs de mélamine. Une odeur de cigarette et de fond de tonne règne dans le chalet, si tenace qu'on la croirait émaner des murs. Cordés sur les divans fleuris dans le salon, Thomas et ses cinq amis visionnent des épisodes d'un coffret de la télésérie *Family Guy* apporté pour l'occasion. La grande conne s'esclaffe. Quand un gag la fait particulièrement rire, elle cogne sa tête contre l'épaule de Thomas. Noémie s'est réfugiée avec son livre devant la grande baie vitrée de la salle à manger.

Le chalet est situé en haut d'une falaise surplombant la mer gelée. Il semble ne pas y avoir d'horizon ; pourtant, à l'autre bout de la mer, il y a la ville de Dalhousie, au Nouveau-Brunswick. Par beau temps, la fumée grise crachée par les cheminées de son usine de pâte et papier est bien visible. Mais il fait sombre aujourd'hui. Il est seize heures trente et le soleil ne tardera pas à se coucher, derrière la mer et son lit de volutes blanches dont l'aspect rappelle celui de dunes de sable, en été. Le paysage devrait être blanc, mais de minute en minute, il devient un peu plus gris.

Sans trop savoir pourquoi, Noémie voudrait pouvoir appuyer sa tête contre la poitrine moelleuse de sa mère et pleurer, juste ouvrir les digues et laisser se déverser la peur et l'incompréhensible tristesse, pour que la voix la plus douce du monde lui dise : *maman est là*. Ce doit être la fatigue.

La grande conne se lève pour aller aux toilettes, en replaçant son pantalon de pyjama mauve et son t-shirt du groupe *Metric* sur son corps mince. Noémie fait semblant d'être absorbée par son livre pour ne pas avoir à croiser son regard. Une corneille traverse le ciel.

Peu après que Noémie et Thomas ont commencé à sortir ensemble, la grande conne a tenté de récupérer Thomas. Il en fut jadis follement amoureux, durant un an – bien qu'ils ne se soient fréquentés que l'espace d'un mois, au bout duquel la grande conne avait simplement eu envie de le remplacer par un autre garçon. À la suite de leur rupture, Thomas avait passé des jours et des nuits à pleurer, à boire, à lui écrire des lettres, à rebattre les oreilles de ses amis avec les mêmes frustrations et les mêmes souhaits, encore et encore. Puis, Noémie avait fait son entrée. D'abord dans le rôle du *rebound,* puis, graduellement, de l'amoureuse. À force de l'avoir près de lui, Thomas se mit à l'aimer sincèrement, ce qui enragea la grande conne. L'autre garçon fut congédié, et l'appétit de la séductrice se tourna complètement vers le bon vieux Thomas. Différentes techniques y passèrent: larmes que l'on fait semblant de vouloir dissimuler, déclarations d'amour passionnées, jeu de l'indépendante… Mais la fidélité du garçon à sa nouvelle copine tint bon – ce qui, bien sûr, fit très plaisir à cette dernière, et asséna un coup à la grande conne. En vue de recouvrer sa contenance, celle-ci se trouva rapidement un autre amant, grand et beau, de qui elle cria sur tous les toits qu'il était le premier homme à lui faire expérimenter l'Amour – même si elle ne le garda que trois semaines à ses côtés – et se mit à jouer les grandes amies contentes pour eux auprès de Noémie et Thomas. Thomas aime bien entrer dans ce jeu. Noémie, pas tellement.

Le soleil commence à baisser.

Un petit point gris chemine sur la mer gelée, en direction du chalet. C'est Simon.

Personne ne l'a vu se lever. Ni se coucher, en fait. À un certain moment de la veillée, personne n'a plus réussi à rien voir. Pour sa part, Noémie s'est mise au lit très tôt, tout de suite après la représentation avec Thomas. Mais bien sûr, elle n'a pas dormi. Seulement pensé. À ce qui s'est passé avec Simon pendant la soirée, à combien ça a été pénible d'arriver au chalet, à l'agressivité de Thomas envers son cousin, à ce qu'il lui a dit au sujet de celui-ci – ce devait être pour se protéger, par peur de la perdre. Thomas est un bon garçon. Il y a l'usure, c'est vrai, mais le retour de l'été leur fera du bien. De bons souvenirs, il y en a. Beaucoup, même. Il peut avoir une grande gueule, et tout, mais comment se mettre à le blâmer pour ce qui a fait son charme au départ? Les instants de folie n'ont pas manqué, la douceur, les envies de se mordre telle-ment on s'aime – ça lui était sorti de l'esprit. Il y a aussi sa famille. Sa mère adorable qui lui apprend à cuisiner, son père farceur qui adore la faire rougir en lui lançant des vannes sales, sa petite sœur qui veut lui mettre du vernis à ongles comme la pre-mière fois qu'elle l'avait gardée. Les soirées souper-films. Thomas n'est pas que Thomas, il est aussi l'univers qui l'entoure. La sécurité, la facilité. Elle sait des choses que personne d'autre ne sait à son sujet. Impossible d'imaginer sa réaction si elle lui annonçait qu'elle partait. Ce serait trop triste. Déchirant pour elle, aussi; son Thomas.

Dur à dire pourquoi Thomas avait commencé à s'intéresser à elle. Elle écoutait bien. Elle posait des questions et s'intéressait aux réponses.

Au début, c'était comme tous les débuts. Elle déposait le bout de ses doigts sur ses lèvres, il ban-dait. Ils s'embrassaient dans le métro, il bandait – si bien qu'il avait fallu développer une technique consistant à se souder l'un face à l'autre pour ca-cher l'érection, et à marcher comme ça, avec tous les trébuchements que ça implique. Des érections, tout d'un coup, elle était capable d'en donner. Être plus qu'une fille mignonne, être une jeune femme sensuelle, ça a commencé à se pouvoir; se dés-habiller comme une exhibitionniste, être fière de montrer son corps nu, plaquer Thomas contre le mur et lui dire des saletés, le sentir trembler sous ses mains, rêver aux façons dont elle le ferait jouir la prochaine fois... Puis un protocole s'est installé. Maintenant, quand il vient la rejoindre dans le lit, le soir, si la lumière est éteinte, ça veut dire : pas de sexe. Lumière ouverte, sexe. Elle a commencé à surveiller les soupirs qu'elle émet de façon à suivre le tempo et bien exprimer une jouissance qu'elle n'éprouve que peu. Baiser non pas par envie de l'autre mais pour évacuer ses pulsions sexuelles.

Tard la nuit dernière, en le sentant se glisser sous les couvertures du lit où elle était couchée dans leur chambre du chalet, un mal de cœur lui a pris. Les lèvres dans son cou. Bandé dans son dos. « Est-ce que tu m'aimes, Noémie ? » Elle aurait pu vomir. « Est-ce que tu m'aimes ? » Comme un bébé pleurnichard, mais bandé dur. « M'aimes-tu ? »

Une toux de lendemain de fête s'élève du salon. Le plancher gémit jusqu'à la table de la salle à manger, où Noémie est installée. Thomas se tire une chaise à ses côtés. Elle lève un peu les yeux, pour la forme, puis fait semblant de replonger dans sa lecture.

Être quelque part d'autre.

Un rayon de lumière se met à valser dans la pièce, puis frappe son œil. Comme la fois du bus au retour de Québec. Mais à quoi il joue ? Elle se tourne vers lui. Il sourit délicatement, un disque compact à la main. Troublant. Sans l'avoir planifié, Noémie sourit à son tour, puis baisse la tête parce qu'en ce moment, c'est gênant de sourire. C'est une illusion, ou Thomas a fait pareil? Non, c'est vrai, Thomas a baissé la tête dans un geste modeste.

La sonnerie du téléphone mural retentit. Avant que Thomas ait le temps de réagir, la grande conne se précipite pour décrocher le combiné. D'une voix sensuelle, elle dit :

— Résidence des débauchés de la vie, bonjour ?

— Excusez, est-ce que je suis au bon endroit ? Je cherche mon fils Simon…

La grande conne pouffe de rire en cachant le combiné dans sa main. Elle gesticule en direction de Thomas : «C'est la mère de Simon!» Thomas se lève.

— Oui, madame, je suis désolée. Simon n'est pas là, est-ce que je peux prendre le message ?

— Sais-tu où il est parti ?

— On pense qu'il est parti prendre une marche, madame. Il a l'air d'un jeune homme bien solitaire. Est-ce que j'ai raison ?

— Écoute, fille, est-ce que je peux parler à Thomas ?

— Avec plaisir, madame. Je vous le passe.

Thomas prend le combiné des mains de la grande conne, qui se dandine en levant les bras, comme si elle venait de faire la meilleure blague du monde.

– Allô, matante.

– Allô, mon beau Thomas. Vous vous êtes bien rendus ? Ça se passe bien avec Simon ?

– Oui oui, tout est beau.

– Thomas, dis-le-moi si ça te tente pas, mais je vous ai organisé un petit quelque chose, à toi et Simon. En fait, c'était pour Simon, mais il aurait besoin d'un *lift* en auto.

– Ok ?

– Tu sais qu'Yvon (l'ami d'école de ta mère pis moi, là), bien, il a ouvert une boucherie à Carleton ?

– Ça me dit quelque chose, oui.

– Je l'ai appelé pour dire que vous iriez faire un tour à la boucherie pour lui dire un beau bonjour.

– Ah ? Euh, ok…

– Penses-tu que vous pourriez y aller à soir, avant neuf heures ? Ça arrangerait Yvon. C'est parce que c'est assez tranquille à la boucherie aujourd'hui, pis j'aimerais ça que Simon ait le temps de jaser un peu avec lui. Yvon aurait une couple d'affaires à lui montrer (comment se servir des couteaux, pis toute ça). C'est parce que ça pourrait faire un bon emploi à Simon, ça, boucher. Il est temps qu'il se trouve une job, là – es-tu d'accord avec moi ?

– Ben oui, ben oui.

– Ça fait que ça te dérange pas d'aller le reconduire ?

– Non, c'est correct.

– Bon ben, j'te remercie, mon beau Thomas. Tu fais bien plaisir à ta vieille tante.

– Pas de problème.

Thomas raccroche.

– Sacrament.

La porte d'entrée grince, une bourrasque de vent se rue dans la cuisine. Les joues de Simon sont rougies par le froid. Noémie lui fait un petit salut de la main. Il lui sourit et se penche pour délacer ses bottes. Thomas vient se planter devant lui :

– Déshabille-toi pas, Simon, on s'en va à Carleton. Ta mère veut que t'ailles apprendre un métier.

Les cinq amis pouffent de rire.

Les abats

JUSTE AVANT DE DESCENDRE la côte des Mourants menant au village de Nouvelle, la vue sur les monts Notre-Dame est imprenable. Les sapins qui y poussent forment un grand tapis sombre, partiellement recouvert de neige. Au milieu d'eux se cachent les cabanes des ermites, que les villageois, sans jamais les voir, savent pourtant nommer. Le soleil commence à se coucher. Le long de la route, les lampadaires s'allument.

La voiture traverse le pont de la rivière Nouvelle, tourne à droite devant le dépanneur le Pharillon, s'engage sur la route en direction de la ville de Carleton. Thomas insère l'album *Pablo Honey* de Radiohead dans la fente du lecteur CD. Aux premières notes de la chanson «Creep», il monte le son. *«I wish I was special, so fucking special. But I'm a creep. I'm a weirdo. What the hell am I doing here? I don't belong here.»* Il chante avec emphase,

les sourcils froncés, comme si les paroles tradui-
saient les fondements de son être. *Bullshit,* pense
Noémie.

Elle a tenu à les accompagner, sentant Simon
embarrassé du rire des autres au chalet, et nerveux.
Pas d'objection de la part de Thomas : ça le sauve
de se retrouver seul avec son petit cousin. La voiture passe devant la caisse populaire de Saint-Omer
et l'église grise sur la butte. Donc c'est vrai : la mère
de Simon cherche à trouver une profession à son
fils. Mais occuper un emploi à temps plein, avoir
un horaire et un revenu fixes, entrer dans le moule,
ça ne convient pas aux garçons comme lui. Dans le
rétroviseur, Noémie peut le voir, à l'arrière, tordant
sa tuque entre ses mains, le regard perdu dans le
vague.

Une fois à Carleton, la voiture passe devant la
cantine, le restaurant Le Héron, le Rossy et le
Subway, emprunte la rue longeant le marché Métro
Viens, s'arrête à l'arrière de celui-ci. C'est là qu'est
située la boucherie, une petite bâtisse rectangulaire
en briques beiges, surmontée d'une enseigne blanche ornée de l'inscription *Viandes Yvon,* en lettres
attachées, et d'un dessin de cochon à l'air content.
Thomas sort de l'auto, claque sa portière. Noémie
attend Simon, qui se lève à contrecœur de la ban-
quette arrière.

Une clochette accrochée à la porte tinte pour annoncer leur arrivée. À l'intérieur, les murs verts sont tapissés de publicités de sauces à côtes levées et de bouillons à fondue, ainsi que de pancartes annonçant les spéciaux de la semaine. Le grand comptoir vitré est rempli de barquettes de poulet mariné, de rôtis ficelés, de brochettes, de steaks, de saucisses, entre lesquels sont disposées des grappes de raisins et des bottes de persil en plastique. Un homme enrobé et chauve, au tablier ensanglanté et à la barbe recouverte d'un filet, sort de l'arrière-boutique pour les accueillir. Il lui manque une main ; son moignon est bien lisse. En ouvrant les bras, il s'exclame :

– Thomas ! Le p'tit à Guylaine ! Comment c'qu'il va ? On te voit pas souvent par icitte !

Thomas lui serre la main.

– Ben ouais, ben ouais ! Je suis pas mal occupé avec l'université, ces temps-ci… En tout cas, belle boucherie, mon Yvon !

– J'te remercie. On a reçu une grosse commande hier, ça fait qu'on est un peu fatigués, moi pis ma gang, mais on se plaint pas ! Pis ça c'est ton cousin, j'imagine ? Comment il s'appelle, déjà ?

– Simon.

Le propriétaire l'a déjà rencontré à plusieurs reprises auparavant, mais il l'a oublié. Simon fixe le moignon.

– Simon ! Ta mère m'a appelé. Ça a l'air que tu te cherches une job de boucher ?

– Euh…

– M'a toute te montrer comment ça marche, mon grand.

Yvon se tourne vers Noémie.

– Pis ça, Thomas, c'est-ti ta p'tite blonde ?

– Oui : Noémie.

– Enchanté, ma belle fille. Bon, venez-vous-en.

Une fois les portes battantes poussées s'ouvre une pièce tapissée de carrelage blanc et meublée de grandes tables et d'instruments pour découper la viande. Les yeux cernés, le tablier taché d'immondices, quelques bouchers coupent, hachent, dans la blancheur de la salle. Yvon annonce :

– Tout le monde, je vous présente Thomas (c'est le p'tit à Guylaine Savoie), sa blonde Noémie, pis, euh…

– Simon.

– Pis Simon. On va leur faire une petite démonstration.

De vagues hochements de tête sont échangés. Yvon entraîne Noémie, Thomas et Simon vers une pièce réfrigérée :

– On va aller se chercher un cochon.

Entre les murs de tôle du réfrigérateur pendent des crocs de bouchers, des pattes, des cages thoraciques évidées, des carcasses d'agneaux et de porcs sans peau. Un rideau d'os, de nerfs et de chair. Yvon saisit une carcasse à bras le corps, la ramène dans la salle où s'effectue la coupe et la dépose sur l'une des tables. En y appuyant son moignon pour la tenir en place, de quelques coups de couteau, il la découpe en quartiers :

— De même, de même, de même. Regarde ça, mon grand, c'est pas compliqué. Il va juste falloir que tu te fasses des muscles, un p'tit peu ! Ha ha !

Simon s'adosse au mur, aux côtés de Noémie, et se met à regarder le bout de leurs souliers trempant dans une mare de sang et d'éclats d'os. Thomas, lui, surveille les opérations d'un air de connaisseur.

L'odeur de mort leur colle déjà aux vêtements. La puanteur. La viande tiède et humide, la sueur et des odeurs qui sont inconnues à Simon – de la pourriture, sûrement. Il se penche à l'oreille de Thomas :

— Il doit y avoir des morceaux qui tombent sous les tables et qui moisissent là.

— Simon, commence pas.

Mais c'est là : la disposition des instruments, des gens, la fatigue, tout est en place pour un carnage. Thomas ne veut pas écouter, comme d'habitude. Le moignon lisse du propriétaire...

— Il s'est coupé la main avec la machine qui scie juste là. Plus facilement que si c'était du bois.

Dans le cerveau de Simon, ça bout.

– Il commence à être tard. Les bouchers sont fatigués. Si tu travaillais ici, tu te couperais peut-être le doigt avec le petit couteau de finition que le monsieur utilise, en face. Ou tu te blesserais avec le trancheur.

Les yeux de Thomas lui disent de se la fermer, mais il faut que ça sorte.

– T'as remarqué les crochets dans le réfrigérateur, tantôt ? Est-ce que tu te souviens du film que tu m'as fait écouter quand on était petits et qu'après j'ai eu de la misère à dormir pendant presque un an ? *Massacre à la tronçonneuse* ? Il y a une scène où Leatherface accroche une adolescente sur un crochet à viande, est-ce que tu t'en rappelles ? Imagine quand le crochet touche la colonne vertébrale. Imagine que c'est toi pis que Leatherface arrive avec la scie mécanique et qu'il commence à te couper aux épaules. Tes bras tombent sur le plancher. T'es encore vivant, mais tu peux plus te défendre. En voyant ton épaule qui ne ressemble plus à rien, juste à de la peau mélangée avec du sang, du linge et des bouts d'os, tu te mets à te débattre encore plus. Il t'enfonce la tronçonneuse dans l'estomac mais tu restes vivant assez longtemps pour voir tes entrailles couler par terre.

Simon sent la panique monter en lui. Mais il ne peut plus s'arrêter.

– Le hachoir à viande dans le fond de la salle, il est automatique. Si tu trébuchais pis tombais la tête la première dans le moulin, il y a rien qui l'arrêterait. T'aurais le réflexe de redresser la tête, mais tes cheveux seraient pris dans l'engrenage. En passant dans le broyeur, ton crâne se disloquerait. Ta cervelle sortirait à l'autre bout. Tu pourrais voir ton sang éclabousser l'intérieur de l'entonnoir, pis là, tes yeux exploseraient. Ta face continuerait à passer dans le hachoir. Ta peau s'arracherait par lambeaux. Ton nez et les os de tes joues craqueraient. Tes dents s'égrèneraient. Ton palais se fendrait en deux.

Yvon continue à découper le porc en donnant des explications que personne n'écoute. Mais les autres bouchers, eux, commencent à les regarder d'un drôle d'air ; Noémie aussi, s'inquiétant de voir Simon bouger les lèvres sans pouvoir entendre ses paroles, et s'agiter sans raison visible. Thomas s'impatiente :

– Ok, là, Simon, je sais pas ce que t'as à marmonner de même, mais arrête de *shaker*. On s'en va bientôt. Calme-toi.

Il dépose la main sur l'épaule de Simon, qui sursaute, trébuche, s'appuie à la planche du boucher au couteau de finition, qui, d'un coup, lui coupe un doigt. En retirant sa main, Simon prend son coude dans le trancheur en marche, qui lui sectionne la peau et une partie de l'os. Il hurle, réussit à se dégager. Mais ses pieds dérapent sur le sol sanglant et sa main blessée atterrit sur le plan de la machine à dégonfler les sacs de viande dont le couvercle se referme d'un coup sec. La succion fait gicler le sang hors de la phalange, là où le doigt a été sectionné. Il parvient à dégager sa main, avant de tomber sur le hachoir automatique en marche, tête première dans le moulin. Noémie court pour appuyer sur le bouton d'arrêt de la machine. Mais au même moment, un boucher étend le bras pour faire la même chose. Sauf qu'il oublie le couteau électrique qu'il tient à la main et qui, en se dressant dans les airs, entaille le bras de Noémie.

Simon s'évanouit.

Feux follets

DE L'EXCITATION dans la salle à manger du chalet. Il est vingt heures trente, Simon, Thomas et Noémie sont revenus de la boucherie une demi-heure plus tôt, le vin rouge coule à flots. Aidée de ses exécutants, la grande conne prépare le souper. Elle possède des notions de cuisine italienne et apprête les pâtes avec maints ingrédients secrets, des crevettes et une totale absence de modestie. Thomas consulte sa page Facebook sur son ordinateur portable. L'un des gars s'exerce à jouer du didgeridoo, enterrant ainsi la trame sonore du film *Forrest Gump* diffusée par la stéréo; quand démarre la chanson «Fortunate Son» de Creedence Clearwater Revival, il s'attelle à en suivre le rythme. Lorsque résonnent dans la pièce les premières notes de «Respect» d'Aretha Franklin, les filles lâchent tout pour aller danser en se frottant aux cadres de portes:

– Ta gueule, le didgeridoo, c'est notre toune!

Le plafonnier est allumé dans la chambre de Simon, la porte, ouverte. Installé dans son lit, la couverture lui couvrant les jambes, un paquet de biscuits soda et un verre d'eau sur la table de chevet à ses côtés, il essaie d'éviter le regard de Noémie, assise au bout du lit, loin de lui. L'odeur du souper leur parvient, et surtout, le vacarme. Une pile de vieux exemplaires du magazine *National Geographic* gît sur le lit, entre eux. Simon en saisit un et commence à le feuilleter.

– Qu'est-ce qui est arrivé, Simon ?

– J'avais pas mangé de la journée, et en voyant la viande et tout ça…

– C'est pour ça que tu t'es évanoui ?

– Oui.

– Pourquoi tu parlais tout seul ? Qu'est-ce que tu disais ?

Une photo de harfang des neiges perché sur un poteau de ligne téléphonique, un mulot dans le bec. Il tourne la page.

– Rien de spécial.

– Simon. Qu'est-ce qui est arrivé ?

– J'ai juste… Des fois, j'ai trop d'imagination, c'est pas grave.

– Tu peux me dire n'importe quoi.

Un groupe de narvals, photographié sous l'eau.

– C'est rien, Noémie, t'en fais pas.

– Regarde-moi.

Simon arrête de tourner les pages. Sa tête se redresse un peu.

– Tu peux me dire n'importe quoi, Simon.

Elle braque son regard dans le sien. Il détourne les yeux vers le paquet de biscuits soda.

– C'est juste qu'avec Thomas qui était là, et toi, et les couteaux… Des fois, je pense à… Je sais pas… Thomas a pas toujours été correct avec moi, et des fois j'imagine juste… qu'il lui arrive des choses.

Les orteils de Simon pianotent sous les couvertures.

– Mais après je me sens coupable, pis je me fâche contre moi, et c'est pas… C'est pas toujours… normal. En fait, j'ai peur qu'il arrive des choses. J'ai peur qu'il t'arrive des choses, à toi. Et aussi, toi et moi, on… Je sais pas. On s'entend bien. Il y a Thomas et j'ai pas le droit de… Je sais pas, je peux pas… Je peux rien faire.

Noémie baisse les yeux. La couverture brune est ornée de broderies d'ours polaires et d'igloos. Simon dépose la tête entre ses genoux. Elle prend un magazine. Dit, presque en chuchotant :

– J'aime ça être avec toi.

Simon ferme les yeux.

– Le souper est prêt.

Thomas, dans l'embrasure de la porte.

En Italie, il est mal vu de couper les pâtes alimentaires à l'aide de ses ustensiles de table. Si la bouchée le requiert, il faut sectionner le surplus au moyen des dents. Les Italiens ont des mœurs, les Québécois aussi. La grande conne adore faire l'étalage de son savoir. À l'heure qu'il est, son bagage de connaissances doit être épuisé.

– Pis ? Aimez-vous ça ?

– Ouiiiiiiiiii !

– C'est un don. C'est pas de ma faute.

– On le sait que t'es bonne, on change-tu de sujet ?

– Toé mon maudit !

Un vinier presque vide fait le tour de la table.

– On décide ce qu'on fait demain avant de partir !

– Demain c'est l'avant-midi yoga-ménage, c'est déjà prévu.

– Ah oui. Ben on a épuisé les sujets de conversation, d'abord.

– Les filles. Qui est-ce qui a déjà *frenché* une autre fille, ici ?

– Ah, pas ça !

– Moi je sais ! On parle (air obscur)... de la mort.

– Ouiii la mort, ça c'est l'*fun* !

– Ok, ok. S'il fallait que vous mouriez. Comment vous voudriez que ça se passe ?

– C'est dur. Moi j'ai tellement peur de la mort que je vois même pas comment je pourrais avoir une façon préférée.

– Ben moi, je voudrais que ça soit pendant mon sommeil.

– Plate !

– Peut-être… à la guerre… Ou dans un incendie pour aller sauver un enfant pogné au deuxième étage. Ou en protégeant quelqu'un que j'aime pendant une fusillade… Quelque chose d'héroïque, là.

– C'est ben Thomas, ça !

– Moi ça serait en Arctique.

– Sérieux, Noémie ?

– Oui. Comme les Amérindiens qui s'éloignent de leur village pour aller se laisser mourir dans le froid. Par hypothermie. Un jour ils partent et ils reviennent pas, c'est tout.

Thomas toussote. Simon n'a pas besoin de le dire : il sourit. Lui aussi, par hypothermie.

– Bon ! Une p'tite *game* de Scrabble ?

• • •

Les verres sont remplis sans relâche. La partie va bon train. L'ambiance est à la fête, car le vin active les hormones et le concept aussi : Scrabble érotique. Une idée des gars.

– Tiens. *Cumshot*. Mot compte double, vingt-quatre points pour nous autres !

– Bravo, Namour.

Par surplus de participants, et pour cadrer avec le thème, il a fallu se jumeler : une paire formée par Noémie et Thomas, une autre par la grande conne et Simon – un peu plus et elle lui montait dessus : «*Shotgun* sur Simon ! *Shotgun* sur Simon !» –, une formée par un ami gars et une amie fille, et comme il n'y avait plus l'embarras du choix, une dernière formée par deux garçons. Pour l'occasion, ceux-ci se sont donné des surnoms coquins : Chaton et Namour. Ils performent assez bien. Mais l'équipe ayant le plus d'avance est celle de la grande conne et de Simon :

– Sybarite. Soixante-treize points.

Et ce n'est pas grâce à la grande conne.

– Moi je suis quand même fière de mon *orgie*. Le g sur l'étoile rouge ! T'sais, le point G c'est la star ! *Porn star !* Orgie ! T'sais !

– Volupté. Mot compte double, vingt-six points.

Noémie se débrouille plutôt bien aussi. Le vin commence à taper, par contre, le couple de garçons y allant de resucée en resucée, de convive en convive, sans relâche.

– *Squirt*. Treize, mot compte double, vingt-six.

– Bon coup, Chaton.

– Hey hey attendez, là… C'est quoi, ça, *squirt*?

– Ben là, *squirt*! Éjaculation féminine, allô! J'en connais qui se font mal culbuter!

– Quoi! Je t'emmerde! J'en connais qu'on sait pourquoi ils passent leur vie sur Internet!

Rires salaces autour de la table.

– À votre tour, Simon et sa délicieuse.

Cela fait un tour complet que Simon n'a pas levé les yeux de son jeu. À la dernière pige, les lettres ont été jetées sur le morceau de bois, et depuis ce temps, elles gisent. Les secondes passent, les lettres gisent toujours. Thomas vide son verre, se tortille sur sa chaise.

– Hey, avez-vous entendu ça, *esti*? L'autre jour, Charest…

La grande conne en a assez. Elle dépose les lettres sur la planche : t-r-i…

– Trip à trois! crie Namour

… a-n-g-l-e.

Simon baisse la tête. Thomas se lève, pousse sa chaise très loin. La gorge de Noémie est sèche.

– Noémie, viens-tu avec moi en haut, deux minutes?

– Oooh, oooh! Une p'tite baise de digestion?

– Ha ha, ouais, c'est ça!

Les bruits de la fête s'étouffent. Noémie a le vertige en montant les marches. Thomas la pousse dans la chambre ; elle tombe sur le lit. Le plafonnier diffuse une lumière crue. La respiration saccadée de Thomas emplit la pièce.

– Là, là, Noémie, scuse-moi de péter ta belle petite bulle de fille qui a un *kick* sur un nouveau gars, là, mais il faudrait peut-être que tu saches quelque chose avant de faire un *move*. Il est schizophrène, mon cousin. Ben ouais ! C'est le fun, hein ? Ça fait que si tu veux me *crisser* là pour un malade mental, c'est de tes affaires, mais entre toi pis moi, c'est peut-être pas une bonne idée. Pis sais-tu quoi ? J'te trouve *crissement* conne. Tu fais ta p'tite fille fine, toujours *cute, esti,* toujours correcte, mais *tabarnak,* t'as aucune classe. Moi j'te ferais jamais ça, *esti* de… *fucking*… égoïste.

Noémie est figée.

– Ça fait que là, scuse-moi de pas pouvoir m'occuper de tes petites *calices* d'émotions de fille qui vient d'apprendre que son *kick* est malade, mais il faut que je redescende pour être sûr qu'il est pas en train de se fumer un *bat* ou de se saouler la yeule. Ah, pis, Noémie ? Quand j'ai dit égoïste, je voulais dire pute.

• • •

Du vin, plus de vin. Noémie tangue.

Égoïste, c'est vrai. Pute. Oui. Pas de doute. Décevante, comme tout le monde. Comme Simon. Il est spécial, oui. C'est parce qu'il est fou. Le noyau de lumière bleue, c'est de la maladie mentale. Le pauvre Simon. Le petit Simon. Il est où ?

Remplir le verre.

Thomas remet ça, debout dans le salon, encore la même chose, le Che, le capitalisme, les mots dits forts, la société dans laquelle on vit, et il fait comme si Noémie n'existait pas, et il fait exprès de regarder la grande conne qui danse avec l'autre fille. Le volume de la musique est au maximum, les garçons crient. Avec Thomas, toujours faire comme si, se stresser. Avec Simon ce serait mieux. Mais non, Simon est schizophrène. Qu'est-ce que ça veut dire ? Est-ce que ça veut dire ne pas être dans la même réalité que tout le monde ? Comment… Comment faire pour devenir schizophrène comme Simon ? Lui, il est beau. Il est où ?

Pas dans la cuisine. Pas dans le salon. Pas dans la salle à manger. Pas dans l'entrée. Aller voir en haut. C'est très haut. Pas dans cette chambre-là, non, pas là, pas dans la salle de bain, non, pas là, il est où, Simon ? Lui il va être gentil. Lui, oui. Même si tout ça… Il ne la laissera pas toute seule quand elle boit et qu'elle n'est pas habituée de boire et qu'elle ne comprend pas trop pourquoi il fait noir et qu'elle s'appuie au chambranle, et pourquoi elle voudrait qu'ils s'embrassent mais pas comme un couple, non, pas comme quand c'est normal. Simon n'a pas de quotidien, il est pur, il doit être puceau, il ne doit pas toucher à des filles, il doit juste vouloir les aimer sous un arbre feuillu, et avoir peur de toucher leurs mains, et Noémie, elle pense : Simon, mon Simon, tu es fou, je veux, moi aussi, je veux aller dans ta tête avec toi, je veux que nous grandissions de deux centimètres, que nous allions échanger de nom et de vêtements, loin dans ton cerveau. Oui... oui. Ça ne sera pas comme avec les autres, Simon, ça ne sera pas triste, mais beau, beau et profond comme un puits. Avec des signaux de lampe de poche. Deux noyaux de lumière bleue, sous la couverture. Elle te bercera comme dans les romans, humera tes cheveux qui sentiront le bébé qui se réveille, et après, elle posera ses lèvres sur les tiennes, et t'enlacera, et une langueur s'insinuera.

Il fait très noir en haut. Où est allé le vin ? Trouver le vin, c'est une bonne idée. Vite, le vinier, peut-être que Simon est avec le vin. En bas. En bas. Ne pas tomber dans les marches. En bas. Le comptoir. Le, le comptoir. *Oh.* Le vin renversé par terre. *Hon. Hoooon.* Il ne faut pas qu'ils voient. S'asseoir sur le plancher. Lécher le vin. En secret. Cachée en arrière du comptoir. *Ok. Ok.* Mal au cœur. *Non.* Ils ont sorti le stroboscope, dans un chalet. Ce n'est pas correct. Ça se tortille, ça se cogne les fesses, tous les corps *non non non bleu blanc noir bleu blanc noir bleu blanc noir,* dehors.

L'hivernité dans la face. Noémie fait comme sa maman lui a appris : si tu as envie de vomir, va prendre une grande respiration dehors ; respire lentement, ça devrait passer. Sinon, ce n'est pas grave, tu as le droit de vomir. Être dans le froid, ça fait du bien. Le vent s'infiltre dans le manteau.

Dans la lumière diffusée par la lampe de la cuisine, la neige poudreuse forme des voiles blancs qui fouettent le noir du paysage. Il y a une tempête dans l'air.

Des murmures. Thomas ? Oui : son profil, ses intonations. Et cette silhouette frêle.

C'est Simon. Aux pieds de Thomas, il y a... une hache... *Une hache !*

Du calme...

Juste...

S'approcher...

Dans le noir. Sans bruit.

– ... des mauvaises pensées. Sur toi. Excuse-moi, Thomas. Je m'excuse.

– Ok, arrête ça.

– Je te pardonne d'avoir été méchant plein de fois.

– As-tu fini ?

– Mais Thomas ! Laisse-moi une chance. C'est moi, c'est moi qui devrais être avec…

– Là, c'est assez. Fais pas semblant que t'entends pas ce que je te dis. Je suis *crissement* tanné de te ramasser pis de faire attention, tout le temps. Là, tu vas juste te fermer la gueule avant de dire des affaires que tu vas regretter.

Mais sans crier gare, les mots s'échappent du nœud au creux de la gorge de Simon. Fébriles, ils se déploient devant Noémie, dans le froid, dans le noir, et trouvent le chemin de son oreille, s'y lovent un instant, puis se propagent dans ses vaisseaux sanguins, les faisant s'entrechoquer les uns contre les autres, et vibrer, vibrer dans ses veines.

Noémie se précipite dans le chalet, fonce vers l'escalier en direction de la salle de bain. Mais le vomi souille deux marches, et la porte. Le reste atterrit dans les toilettes. Rouge. Des soubresauts secouent le petit corps. Simon. Qu'est-ce qu'elle va faire ? Appuyer sa tête sur le blanc de la lunette, dans les éclaboussures. En bas la musique dans le tapis, les gens crient. Le caleçon de Thomas à côté de la douche. Thomas est bon pour bûcher du bois. Le bras de Simon comme une branche de bois vert, un coup sec sur le billot. Plus de main, comme le propriétaire de la boucherie. Simon se relèverait, se dirigerait vers le chalet, grimperait les escaliers, entrerait dans la salle de bain, s'avancerait vers elle.

Il dirait «Noémie» puis se tairait. Ses yeux se fixe-raient sur elle, et pleureraient de la glace. Son corps maigre se pencherait vers elle pour caresser son visage, sans sa main, avec son poignet plein de sang qui glisserait le long de son corps, le long du corps de Noémie, sans chandail, une trace rouge sur son flanc. Il l'embrasserait, mordrait ses lèvres, la pous-serait par terre et l'embrasserait encore, déferait son pantalon à lui, déferait son pantalon à elle, sortirait son pénis et l'enfoncerait lentement, au fond, et il soufflerait, il gémirait, râlerait dans son oreille, il se retirerait, voudrait enfoncer ses doigts mais il n'aurait plus de main.

– Pardon.

Il est venu pour ça. Noémie n'est pas sûre de vouloir. Il sort de la pièce et referme la porte. La salive se remet à couler à l'intérieur des joues.

Simon pousse la porte de nouveau. Noémie vo-mit, la face plissée, les veines sorties, les dents du bas toutes croches, les cheveux collés aux tempes. Simon s'assoit contre le mur. Il ne flatte pas le dos, ne tend pas de papier de toilette, ne tire pas la chasse. Même s'il a encore ses deux mains, pas de sang, pas de moignon, il reste assis, et regarde. Noémie en rajoute. Par crachats. Simon doit voir. Qu'elle n'est pas mieux que les autres ; dégueu-lasse. Reste pur et malade mental juste pour toi, Simon. Elle finirait par essayer de te normaliser, comme les autres. Casser ta beauté. Te ramener dans la réalité où les gens sont tous plus ou moins les mêmes quand on apprend à les connaître, où être soi-même, ça ne se peut pas.

Il appuie son front près de celui de Noémie sur la lunette. Noémie n'en peut plus, elle a arrêté de vomir. Dormir, plutôt, c'est ce qu'il lui faudrait. Ses yeux se ferment. Rester comme ça, longtemps, et s'endormir. Ne plus être là, ne plus être saoule, juste bien, autrement, ailleurs, que ça ne soit pas pareil. Ses yeux s'ouvrent. Ceux de Simon, sombres, à quelques centimètres, n'ont pas cessé de scruter les nœuds qui se mêlent et se démêlent, les petits papiers qui se roulent et se déroulent dans la tête de Noémie. Il la fixe si profondément qu'on le dirait prêt à se hisser à l'intérieur de ses yeux à l'aide de ses ongles rongés et de ses bras dépourvus de muscles pour se glisser dans elle au complet, se coller à toutes ses parois, la caresser de l'intérieur avec tout son corps, son drôle de profil d'oiseau, ses cheveux noirs et drus, sa peau d'enfant. Les papiers restent ouverts.

Un cyclone vient extirper Simon du creux des yeux de Noémie.

— Viens-t-en, Simon, je veux te montrer quelque chose !

De sa main qui n'est pas prisonnière de la grande conne, Simon essaie de se retenir à la porte, mais une tache gluante l'en empêche, quelque chose de rouge sur sa main. Il disparaît, aspiré par le cyclone.

Thomas apparaît à son tour dans l'embrasure, un paquet de mouchoirs à la main. Il le tend à Noémie, l'aide à se remettre sur ses pieds et l'entraîne hors de la pièce. Vers leur chambre à coucher.

•••

L'air est lourd, les couvertures, humides. Thomas va et vient au-dessus d'elle, sue et souffle, se démène pour garder son érection. Noémie ne sent rien.

Demain, après le ménage, il faudra partir et Noémie n'aura pas marché sur la grève. C'est regrettable. Elle n'aura pas touché au paysage.

De la lumière filtre du plancher, entre les lattes d'une grille de métal au pied du lit. À l'origine, cette grille a été placée là pour laisser circuler la chaleur d'un étage à l'autre. Mais depuis une minute, ce qu'elle diffuse, ce sont les gémissements de la grande conne, insistant pour se faire entendre. Simon est avec elle.

Noémie se ranime. Elle enfonce ses doigts dans le dos de Thomas, le retourne contre le matelas, se plante sur lui. Maintenant, elle sent précisément. Elle se met à glisser de bas en haut, lentement, puis un peu plus vite, puis très vite, et fort, et peu à peu, Simon se profile. Sous Thomas, sous le plancher,

117

sous la grande conne, il est là : plaqué au matelas, ses bras sans vie le long de son corps enveloppé dans un chandail de laine, la grande conne bougeant comme une flamme au-dessus de lui. Simon sent Noémie se profiler. Au moment où il s'apprête à grimper dans ses yeux, un voile passe sur son visage et le crispe dans une grimace. Des spasmes parcourent Noémie, sans plaisir. Thomas l'agrippe, la retourne sous lui et finit de la baiser. Il crie presque. Noémie a mal au ventre. Il tombe à côté d'elle, l'attire dans ses bras jusqu'au centre du matelas et l'emprisonne. Elle ne peut plus voir Simon. Disparu sous la saleté.

Les sangsues polaires

DES RAYONS PERCENT au travers des rideaux; viennent scinder le crâne de Noémie en deux. Son cœur bat jusque dans ses tempes. Se lever sans réveiller Thomas. Boire de l'eau.

Le plancher glacé de la cuisine craque sous les pas. La vaisselle sale jonche encore la table. Il fait tiède. Ça sent le cendrier et le souper de la veille.

Le matin, la lumière n'est pas la même, ça ne signifie pas la même chose.

Noémie se dirige vers le lavabo, se verse un grand verre d'eau qu'elle descend d'un trait, le remplit encore et se dirige vers la table. Ce matin, il y a de la brume au loin. Les vagues se frottent mollement aux parois de la glace recouvrant la mer. Ça commence à fondre.

La porte de chambre de la grande conne grince, Simon fait quelques pas. Il s'immobilise à l'entrée de la cuisine, les yeux fixés au sol. Noémie ne le regarde pas non plus. Une bourrasque de vent balaie la neige déposée sur le rebord de la fenêtre. Il se tire une chaise au bout de la table, frotte ses pieds l'un sur l'autre pour décoller les miettes. Le ciel n'est qu'un grand nuage blanc stagnant. Simon gratte son corps dans toutes ses extrémités et ses recoins. Il tombe un seul flocon de neige.

— Est-ce qu'on va sur la banquise ?

• • •

Il leur est difficile de se faire léger, le blanc les avale. La procession est traînante, les explorateurs mourront jeunes avec les jambes gangrenées par le froid. L'escalier menant à la grève est recouvert de neige. Le truc est de faire des coches dans la glace avec les talons pour ne pas trop glisser et pour faciliter l'escalade au retour. Ce sont des *boy scouts*. Mais les coches fatiguent, et les *boy scouts* finissent par se laisser glisser jusqu'en bas sur la surface lisse. Ça va vite et ça fait mal à l'atterrissage.

L'avalement hivernal est décuplé sur la grève. La solution est de ramper à même la neige. Pour ce faire, il faut se coucher à plat ventre, se donner de vigoureuses poussées avec les jambes, et tirer avec les bras. Pousser, tirer, sur quelques mètres, jusqu'à l'épuisement, qui survient vite, sans parler de la sueur dans le dos. C'est pourquoi l'arrêt s'impose en tant qu'étape suivante. À partir de ce moment, il fait chaud tant que le corps est échauffé et que la neige ne s'est pas encore insinuée sous les vêtements.

Lorsqu'on met les mains de chaque côté du visage, comme des œillères, les deux pointes de terre disparaissent du bout de Miguasha, et en plissant les yeux, le Nouveau-Brunswick paraît moins. Alors surgit l'Arctique.

En région arctique, les Amérindiens pêchent la baleine au harpon et mangent du phoque cru à la chair noire – ces mêmes phoques qui sortent des trous de pêche pour aller jouer avec les chiens. Le vent souffle fort et construit des vagues de neige. Parfois, les Amérindiens boivent beaucoup. Il arrive qu'ils fassent des choses qu'ils regrettent le lendemain. Alors les Amérindiens se taisent. Au loin, un chien jappe. C'est un renard polaire.

Simon appuie sa bouche contre la neige gelée. Il inspire. Il expire. C'est doux et la neige fond un peu. Elle lui renvoie son haleine, un souffle d'hiver. Noémie le regarde faire. Des frissons coulent le long de son dos. Elle pose les lèvres sur la glace. Sa langue trace doucement des cercles à la surface. Une brise se lève et balaie des pincées de frimas dans son visage. Simon ferme les yeux puis laisse sa langue parcourir la paroi glacée. Peu à peu, un trou se forme et s'agrandit. C'est froid, ça gèle. Un vent du large vient s'enrouler à eux. Leurs langues se rétractent. Et se renfoncent encore. Ça gèle et ça brûle contre les lèvres et autour, dans le cou. Noémie glisse sa langue tout au fond du trou. Simon tourne sa tête vers elle. Si elles n'étaient pas gelées, les bouches prononceraient peut-être des mots. Mais une bourrasque qui monte de la mer, des abysses, des entrailles de la Terre se jette sur eux et les engloutit sous des marées d'hiver et souffle si fort qu'ils comprennent qu'elle leur dit : « Taisez-vous. »

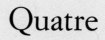

Revenants

Début mars à Montréal. Les trottoirs sont encombrés de neige, de déchets, d'épaves de vélos et de passants qui combattent la dépression. Il fait gris tous les jours. Des amitiés s'étiolent. Les gens prennent du poids, ne baisent plus, désespèrent de jamais voir le printemps arriver. Depuis son retour à la ville, il y a quatre jours, Noémie est enfermée dans sa chambre avec une grippe.

Le voyagement en voiture entre Miguasha et Montréal a été une épreuve. Les jacassements de la grande conne et du joueur de didgeridoo à l'avant n'ont pas su alléger la tension sur le siège arrière : entre Simon, Thomas et Noémie, pas une parole n'a été échangée des sept heures qu'a duré le trajet. Le soir, en mettant finalement les pieds chez elle, après avoir donné un rapide baiser à Thomas et vaguement salué les autres en évitant le regard de Simon, Noémie a commencé à se sentir très étourdie. Elle s'est tout de suite mise au lit et l'a à peine quitté depuis.

Les deux premiers jours de sa grippe, la fièvre l'a plongée dans les pires délires qu'elle ait eus de sa vie. Enroulée dans ses draps trempés de sueur, seule dans son grand lit au milieu des livres, disques compacts et vêtements sales jonchant le plancher de sa chambre verte aux rideaux tirés, elle se voyait tomber dans un trou formé dans la glace sur un lac, et rester emprisonnée dessous, dans l'eau glaciale. C'était blanc, bleu, gris, noir ; la panique la gagnait au fur et à mesure que l'engourdissement s'insinuait dans ses membres, que les réserves d'air de ses poumons s'épuisaient. Une motoneige passait au-dessus d'elle. La glace cédait. Dans sa chute, la motoneige allait l'écraser de tout son poids au fond du lac. Tournant en boucle dans sa tête, ces visions se mêlaient à celles de la grande conne embrassant Simon, de Thomas la regardant avec mépris, d'un psychiatre tendant un contenant de pilules à Simon, en larmes, d'une hache s'abattant sur un bras.

En fin d'après-midi, le deuxième jour, sa mère est venue lui rendre visite. En la voyant sur le seuil de sa porte, une casserole de soupe et une pile de bandes dessinées dans les bras, Noémie a fondu en larmes. Sa mère l'a entraînée dans sa chambre et a ouvert les rideaux. Après l'avoir enveloppée dans une couverture, elle l'a prise dans ses bras. Noémie s'étouffait dans ses sanglots. Dur de dire pourquoi, exactement. Sa mère est restée avec elle jusqu'au soir et, après avoir mis sa fille au lit en lui faisant promettre de la rappeler le lendemain, elle est repartie chez elle, le cœur en morceaux.

Mais depuis ce matin, Noémie se sent un peu mieux. Il y a encore l'étourdissement, mais la fièvre est tombée. Attablée devant un bol de soupe, elle lit un *Calvin et Hobbes* en se mouchant souvent. Le soleil entre par la fenêtre de la cuisine. Après la soupe, elle pourrait aller prendre une douche. Puis mettre un pyjama propre et se recoucher.

On cogne à la porte. Noémie referme sa bande dessinée, se mouche, se lève en s'appuyant au mur et se traîne les pieds jusqu'à l'entrée. La porte grince.

Thomas. Dans la lumière plate du hall d'entrée.

La gorge de Noémie se contracte.

Il entre, enlève ses bottes, met son manteau sur le crochet au mur du vestibule, comme d'habitude.

– Ta mère m'a appelé, elle avait l'air inquiète. Je savais même pas que t'étais malade. T'aurais dû me le dire. Je t'ai envoyé deux courriels.

– Approche-toi pas trop de moi, je suis contagieuse.

En entrant dans la chambre de Noémie, Thomas jette un coup d'œil à la pile de mouchoirs souillés par terre, à côté du lit.

— Comment ça va ?

— Un peu mieux.

Il s'assoit sur la chaise d'ordinateur. Aucun pli dans ses vêtements. L'air propre. Il est beau, objectivement. Noémie s'assoit sur le lit. Ses cheveux sont sales, ses pantalons de pyjama et son t-shirt aussi. Elle ne s'est pas brossé les dents depuis la veille.

— J'avais la fièvre.

— Là, tu l'as plus ?

— Non.

— *Good*.

Le cœur de Noémie bat vite. Une vague envie de vomir. Il n'y a rien à dire. *Il n'y a rien à dire*. En regardant les arbres dénudés par la fenêtre, Thomas lance :

— J'ai eu ma note pour mon examen de Théories de l'État.

Noémie déglutit avec difficulté.

— Pis ?

— J'ai eu un A.

— Bravo.

— Ouais. Toi, as-tu eu tes notes ?

— J'ai pas regardé.

— Tu devrais. Elles sont sûrement sorties.

L'air ne passe presque plus dans sa gorge. Prise sous la glace. Le dernier souffle s'échappe de ses poumons. Sa tête se vide d'un coup.

– Thomas. Je pense que je ne t'aime plus.

– Quoi ?

– Je ne t'aime plus.

Le sang remonte à la tête de Noémie. Thomas blêmit. Il se lève.

– Je pense que t'es fatiguée. T'es malade. C'est pas le temps de prendre une décision. Tu vois toute tout croche.

Les poumons de Noémie se remplissent d'air, de nouveau.

– Non. Je ne t'aime plus.

Un espace vaste qui s'ouvre. C'est vrai. Elle le pense. C'était là depuis un bout de temps. C'est ça qui se passait. Elle ne l'aime plus.

Lui debout dans la chambre, elle sur le lit, aussi surpris l'un que l'autre, ils se regardent, immobiles. Les muscles tendus. Aucun son dans la pièce. D'un trait, Thomas dit :

– Ça fait que c'est ça, Noémie, c'est tout ?

Elle ferme les yeux à demi, met le poing devant la bouche. Il se laisse tomber sur la chaise, ouvre les mains dans un geste d'incompréhension. Scrute le visage de Noémie.

– Qu'est-ce qui s'est passé ?

– Je sais pas. Ça s'est juste empilé. Je pense que ça fait un bout de temps.

– Quoi ?

Sa voix est au bord du cri.

— Pis tu m'en n'avais pas parlé ?

— Je le savais pas.

— Pis là, tu le sais. Tout d'un coup, c'est ça… *Bang*. Tu ne m'aimes plus.

En le disant, ça lui rentre dans la poitrine. Il serre les poings. Noémie ferme les yeux.

— Ça fait combien de temps ?

— Je sais pas.

— Tu le sais pas. C'est ça. C'est tout. Tu ne m'aimes plus. Et je peux rien faire.

— Non, je pense pas.

— Tu ne *penses* pas ? Ou tu le *sais* ?

— Je le sais.

— Ok. *That's it*. C'est fait. Moi je peux rien faire, là, c'est fini, c'est tout.

— Oui.

Thomas a un haut-le-cœur. Il prend une grande respiration. Noémie rentre la tête dans les épaules.

— Excuse-moi, Thomas.

— Non, non, là…

Il secoue la tête.

— Je sais pas quoi dire, Noémie.

— Moi non plus. Excuse-moi.

— Arrête.

Noémie remonte les jambes contre sa poitrine. Thomas ferme les yeux.

— Moi je pense que je t'aime encore.

– Peut-être pas, Thomas. C'est peut-être juste l'habitude. Penses-y.

– Ouais, ouais, tu vas me dire ce que je pense. C'est facile pour toi, hein ? Tu décides ça de même. Moi j'ai pas mon mot à dire.

Il tape dans ses mains.

– Ça fait qu'on n'est plus un couple.

– Non.

En le disant, elle comprend que c'est vrai. Tout est clair. *C'est fini.* D'un coup, Simon lui revient en tête ; avec lui, une bouffée d'excitation. La refouler, par décence.

– Vas-tu aller voir mon cousin ?

– Non.

C'est un mensonge, ils le savent tous les deux.

Pendant plusieurs minutes, il n'y a que le silence, l'immobilité, le regard fixé au sol, le souffle suspendu ; ça se dépose dans la tête. La valise de Noémie est encore intacte sur le plancher.

Puis, le moteur du réfrigérateur se met à faire du bruit.

Thomas se lève. Sans la regarder, il passe devant Noémie, en s'assurant de ne pas la frôler. Il sort de la chambre, referme derrière lui. Au ronronnement du réfrigérateur se mêlent les bruits habituels : le manteau qu'on retire du crochet, qu'on enfile ; la chaise de l'entrée qui craque quand on s'y assoit ; le bruit des lacets ; la chaise qui craque de nouveau quand on se lève. La porte qui s'ouvre. Se ferme.

Sur le palier, Thomas prend une grande inspiration. Cet escalier, il le descend pour la dernière fois. Il lui faut prendre son temps pour bien comprendre. Chaque marche franchie ancre la fin un peu plus solidement dans la réalité. Rendu sur le trottoir, il éclate en sanglots. Dans sa chambre, Noémie pleure déjà.

• • •

Après que le soleil s'est couché, Noémie se lève de son lit, se rend au dépanneur pour acheter le journal. De retour chez elle, elle s'assoit à la table de la cuisine, avec un stylo. Et commence à entourer des petites annonces dans la section «Logements à louer».

Des rats

C'ÉTAIT EN JUILLET 2005.

Thomas était à l'âge où les vacances familiales n'évoquaient qu'un profond emmerdement. Partir sur la route à bord du Winnebago pour aller s'échouer sur une plage grouillante d'enfants et de vieux à moitié à poil, cette année-là, ça l'aurait tué. Afin de partir l'esprit tranquille, vaguement soulagés aussi à l'idée d'échapper à sa gueule blasée d'adolescent de quinze ans, ses parents lui avaient proposé de l'inscrire au camp Ala'lugwet, dans la baie des Chaleurs, en Gaspésie. Il avait rechigné pour la forme, en cachant son enthousiasme à la perspective de rencontrer des filles à peloter dans les tentes, la nuit venue. Mais son petit cousin Simon allait devoir l'accompagner. Naturellement. « Thomas pis l'autre ! », c'est ce que les gens s'écriaient à la vue des deux têtes garnies de cheveux noirs. Ou « Thomas ! », tout simplement – parce que Simon, on l'oubliait.

La première journée du séjour, une fois tous les campeurs arrivés – un groupe formé, avec Thomas et Simon, de cinq garçons et de trois filles, âgés de douze à quinze ans –, les moniteurs les avaient entraînés dans la forêt. Les moniteurs étaient deux gars de tout juste dix-huit ans répondant aux surnoms de Ganja et Rastafari, presque identiques avec leurs *dreads,* t-shirts de Rage Against The Machine et je-m'en-foutisme.

«Le pont des Périls», «le mur de la Peur», «le Cachot» déclamaient-ils avec sarcasme. Mais les campeurs ne se sentaient pas disposés à rire. Il régnait, dans les sentiers, un silence oppressant que les cris de Ganja et Rastafari déchiraient comme des coups de couteau. En passant devant les modules d'hébertisme délabrés, seul Thomas s'était appliqué à glousser comme un gars qui avait tout compris. En arrivant dans une clairière, Rastafari avait dit :

– Ok ma gang de louveteaux, c'est icitte qu'on campe !

Adossés à un arbre, Ganja et lui avaient fumé une cigarette en regardant les autres se débattre avec toiles et piquets, ayant terminé bien avant tout le monde d'assembler leur tente, en retrait, sur le seul espace plat du campement.

– Hey les gars, avez-vous du *fuego?*

– Du «fuego»? *Wow!...* C'est quoi ton nom, déjà, *mister cool*?

– Thomas.

– C'est pas beau de fumer à ton âge, Tom.

– Tu laisses-tu ton *chum* monter la tente tout seul, Tom ?

– C'est pas mon *chum,* ça, c'est juste mon cousin.

Et il avait poussé quelques commentaires drôles et grinçants au sujet des autres campeurs, juste ce qu'il faut pour se rendre relativement intéressant.

Après le coucher du soleil, le groupe s'était entassé autour du feu – Thomas aux côtés des moniteurs, Simon auprès des autres garçons, sans tenter de se mêler aux conversations. Rastafari braqua le faisceau de la lampe de poche sous son visage.

– Écoutez ben, les enfants, *mononcle* Rasta va vous raconter une belle p'tite histoire.

Les filles se blottirent les unes contre les autres, en singeant une peur qui n'était pas si fausse. Le vent soufflait. Il fallait s'approcher du feu. Le visage brûlant, le dos glacé.

– *Ala'lugwet,* c'est un mot en micmac qui veut dire flotter autour, danser au-dessus. Les anciens propriétaires, c'étaient des Indiens *fuckés* pis ils disaient que dans le temps, une couple d'autres Indiens sont devenus fous pis sont morts icitte, on sait pas pourquoi. Pis la nuit, des fois, leurs fantômes viennent *flotter autour* ou *danser au-dessus* des tentes, ça fait que *watch out !* Pensez-y

---

135

ben avant d'aller pisser, la nuit, il y a peut-être un fantôme qui va vous pogner les jambes. Pis si c'est pas un fantôme, ça va être Ganja, ça fait que *watch out!*

Ganja agrippa le mollet de l'adolescente la plus près, qui se mit à hurler. Rastafari et Thomas éclatèrent de rire. Les autres les imitèrent sans conviction. En atterrissant sur le feu, la première pelletée de terre l'éteignit tout à fait. Un frisson se propagea. Toutes les lampes de poche s'allumèrent en même temps. Silence. Un ricanement fusa, suivi d'une salve de rires de soulagement.

– Méchante gang de pissous, m'a te dire!

Il faisait noir, tout autour. Surnaturellement noir. Comme si au-delà des zones éclairées, il y avait un mur de ténèbres, une zone où étaient infligés des supplices, où les terreurs infantiles, aussi imprécises soient-elles, se matérialisaient.

Tout au long de leur enfance, Thomas avait raconté ses cauchemars à son petit cousin ou plutôt, les lui avait fait subir. C'était un de ses jeux préférés. Il l'entraînait dans une pièce sans fenêtre, éteignait les lumières, le forçait à se cacher sous une couverture et lui déballait tous les détails. Un avion qui va se *crasher* dans une falaise; un gars avec un imperméable pis un *gun*; une madame sans face qui se tourne lentement vers toi, pis là tu te rends compte que t'es dans une pièce pleine de monde sans face, tu te demandes : «Est-ce que je suis comme eux ? » ; un incendie dans ta chambre pis pour survivre tu sais qu'il faut que tu tues ta mère qui braille dans un coin, avec un bout de vitre pétée, ou en lui éclatant la tête avec l'extincteur… Comme une contagion, les images les plus insupportables affectaient l'autre au point d'infecter ses songes – l'imperméable, l'extincteur, les visages lisses – et de troubler ses jours – les passagers déchiquetés dans l'accident d'avion, sa mère recroquevillée, en pleurs ; ses yeux suppliants.

Après le feu de camp, allongé dans son sac de couchage, Simon fit un rêve.

Dans ce rêve, il y avait deux rats gisant dans la poussière : un grand et un petit. Leur pelage noir était luisant de sueur. Les poils sur l'estomac du grand s'écartaient pour laisser voir des excroissances purulentes. Sa gueule béante, d'où pointaient des dents jaunes et sales, était tapissée d'écarlate. Celui-là, le grand, était mort depuis peu. Le petit était blotti contre lui. Ou plutôt, agrippé à lui. Son estomac se soulevait dans un halètement saccadé.

Simon se réveilla en sueurs, agité, désemparé. Les rats. Il lui fallait se confier à Thomas, à l'instant. Mais il se ravisa. Pas le moment de le déranger. Ça l'aurait rendu de très mauvaise humeur. Ne pas se le mettre à dos, pas dans ces circonstances. Il fallait essayer de penser à autre chose, au matin qui allait finir par arriver, un jour, dans quelques heures. Mais la noirceur stagnait. La gueule rouge. Ce n'était rien, au fond, pas de quoi paniquer. L'heure bleue s'étira à l'infini. Les bosses infectées. Puis, graduellement, le jour commença à percer la toile de la tente. Il y eut un premier bruit de fermeture éclair, puis, un deuxième. Simon se précipita au lieu de rassemblement. Tout y était normal mis à part cette brume blanche qui donnait l'impression d'une neige enveloppant les déchets et la vaisselle sale dont le sol du campement était recouvert.

Le groupe fit du portage pendant sept interminables kilomètres en amont de la Cascapédia avant de mettre les canots à l'eau. La rivière était gonflée des pluies de la semaine précédente, le courant, violent, et les campeurs, novices en la matière.

– Que j'en voie pas un faire sa moumoune !

Simon pagaya au meilleur de ses capacités malgré ses muscles endoloris. À peine si son cousin l'aidait. Il était à cran. Dormir dans une tente l'avait toujours mis de mauvaise humeur, mais cette fois, le portage avait achevé de le rendre furieux, même s'il n'avait supporté qu'une mince partie du poids. Les jurons, les directives contradictoires se succédèrent et compliquèrent les choses – or, Simon aurait enduré n'importe quoi, ce jour-là. Il se tint tranquille, ne parla – doucement – que lorsque nécessaire. Cela énerva son cousin davantage. En dépit de la tension grandissante, et même si le moment était mal choisi, même s'ils étaient trop vieux pour ça, dans un bras plus tranquille de la rivière, Simon céda et déballa tous les détails de son rêve, au bord des larmes. Ça le soulagea. Même qu'il aurait presque pu arriver à en rire, une fois les images devenues des mots.

– As-tu fini, là ?

– Ben… oui.

– *Good.* Dérange-moi plus avec tes *esti* de niaiseries.

Mais, étrangement, à la pause du dîner, Thomas courut presque vers les moniteurs. Ses efforts pour faire semblant de s'éclater avec eux furent vains : sa voix sonnait faux, plus aiguë qu'à l'habitude. « Tes *esti* de niaiseries », qu'il avait dit. Pourtant, ses yeux balayaient les environs pour s'assurer que l'autre se tenait à distance. Il avait eu peur, c'est ce que ça avait voulu dire, il avait trouvé ça bizarre. C'était la première fois que Simon lui faisait peur ; jamais auparavant il n'avait même *essayé,* parce que Thomas n'aurait pas trouvé ça acceptable, parce que ce n'était pas leur façon de fonctionner. Il aurait fallu garder ça pour lui. Comme d'habitude. Sauf que ça avait fait trop mal, cette fois-là. Ça avait poussé pour sortir.

De retour sur la rivière, toutes les tentatives d'explications et de dédramatisation de la part de

Simon se soldèrent par l'ordre de se fermer la gueule, toujours de se *fermer la gueule*.

Quand le premier canot accosta sur la berge du campement, un cri de fille retentit. On se massa autour d'elle, on cria pour l'imiter, on se moqua des maladroites insultes qu'elle lança, mais les cousins arrivèrent à les apercevoir avant qu'un des moniteurs ne les fasse glisser du bout du pied dans la rivière : les deux rats noirs – un petit et un grand, ensanglanté.

– C'est-tu toi qui as fait ça, Simon ? Tu m'as inventé une histoire pis tu les as mis là pour me faire *freaker* ? *Hein* ? Tu trouves que j'suis pas fin avec toi ! Tu veux me donner une leçon ! *Hein* ? *Criss de psycho !* Si tu veux te venger, *viens me casser 'a yeule, câlice de malade !*

Plus un son. Le visage de Thomas était rouge, son corps, tendu vers son cousin, prêt à l'attaque.

– Non, je l'savais pas, Thomas, c'est pas moi, c'est pas de ma faute !

Un coup de poing dans le ventre cloua Simon au sol. Son cousin se jeta sur lui et se mit à le frapper à la figure, avec une rage inexplicable. Les autres étaient figés d'effroi.

– J'm'excuse ! Arrête ! J'm'excuse !

Les moniteurs se ressaisirent et entreprirent de maîtriser Thomas, pour l'arrêter de donner des coups de pied à son cousin qui pleurait en demandant pardon.

•••

Il avait fallu très peu de temps à Thomas pour recouvrer ses esprits. Après que l'autre fut parvenu à se relever et eut déguerpi, il se redressa, replaça ses vêtements et alla simplement fumer une cigarette à l'écart. Le soir venu, auprès du feu, il joua de la guitare comme si de rien n'était. Un vrai jukebox, Thomas. Cat Stevens, The Eagles, Harmonium, Oasis : tous les classiques y étaient passés. Ça avait rapidement tourné au *party*. Même que les filles, quand il en avait eu assez de jouer, avaient sorti la radio à piles pour danser sur les hits de l'heure, et que les gars s'étaient joints à elles – sauf les moniteurs, qui avaient préféré contempler la scène en arborant un sourire moqueur (mais sans lâcher des yeux le corps des adolescentes), et Thomas, parce qu'il n'était pas du genre à s'abaisser à danser sur du hip-hop, cette merde populaire, en essayant de trouver le courage nécessaire pour poser les mains sur les filles. En saisir une par la taille et l'asseoir à ses côtés ; cela suffisait à la faire glousser de plaisir – le musicien, le mauvais garçon, le romantique.

En se consumant, les bûches changent d'apparence. Des animaux en dévorant d'autres s'y dessinent, des visages humains distordus par les flammes.

En vérité, personne n'avait compris. Simon n'était pas le genre de gars à qui l'on s'attardait. Un adolescent sans artifice apparent, pas tellement amusant, plus frêle et moins beau que la moyenne. Mais en y repensant, c'est vrai qu'il était bizarre. Toujours à l'écart, silencieux… Thomas n'avait pas fourni d'explication. «Tu veux te venger?»… Ça résonnait.

La fille que Thomas avait invitée à fumer un joint en secret remarqua tout de suite Simon en arrivant à l'espace de campement. Il gisait à quelques mètres de la tente qu'il partageait avec son cousin, immobile, dans son sac de couchage posé à même le sol. Thomas balaya sa figure tuméfiée du faisceau de sa lampe-torche.

• • •

Il faisait chaud, humide, et le soleil plombait à travers la toile. D'intenses douleurs au ventre et à la tête tirèrent Thomas du sommeil. Il parvint tout juste à ouvrir la fermeture éclair avant de vomir devant la tente, non loin du groupe attablé pour le déjeuner.

Les regards. Celui de la fille avec qui il avait partagé un joint et des caresses la veille, empreint de surprise et de dégoût. Celui de Simon. Sa peur. Les maux de tête et de ventre reprirent d'un coup, comme des explosions. On le dévisageait. On regarda sa tête disparaître dans la tente, d'où retentirent bientôt des bruits de vomissements de plus en plus violents.

– Qu'est-ce qu'il a ?

– Ta gueule, parle moins fort !

– Moi je reste pas icitte.

– Il va s'arranger.

Rastafari se tourna vers le groupe :

– Ok, tout le monde, on va juste aller faire l'activité comme on avait prévu, pis lui il va s'arranger ! Ok ?

– Ben là, le *psycho* il va pas venir avec nous autres, là ?

– *No way*. Pas question qu'il vienne.

Sans le regarder franchement, Rastafari avait dit à Simon :

– Toi ! Tu restes t'occuper de ton cousin.

(C'est pas de ma faute, c'était rien qu'un rêve, c'est pas de ma faute.) La puanteur était insupportable. Des vomissures sur le sol de la tente, sur le sac de couchage, sur l'oreiller où se balançait la tête de Thomas de gauche à droite. Ses pupilles s'agitaient derrière ses paupières closes. Mus par des spasmes, ses doigts se pliaient et se dépliaient convulsivement.

– Thomas, inquiète-toi pas, je vais aller chercher ma serviette pis je vais toute nettoyer, ça va être correct ! Ça va aller mieux, c'est pas grave, ok ?

Thomas sursauta. Ses yeux s'ouvrirent dans un tressaillement et se braquèrent sur Simon. Il se crispa, sa respiration accéléra, son visage s'empourpra.

– Ok, ok, tu fais de la fièvre, c'est juste un peu de fièvre, c'est pas… c'est tout ! Calme-toi, c'est moi, c'est juste moi !

En voyant son cousin faire mine d'approcher, Thomas se recroquevilla violemment.

– Je veux juste prendre soin de toi !

– *Sacre ton camp !*

(Il va se calmer. C'est correct. Il va se calmer pis il va s'excuser. Le petit virus va passer. C'est pas grave.) À son retour, le groupe réaménagea le campement de façon à ce qu'un rayon de cinq mètres isolât la tente de Thomas. Un rayon de cinq mètres occupé par la poussière, par une appréhension muette, par Simon, tantôt rôdant autour de la tente, tantôt étendu tout contre elle, à la clarté, sous la bruine, au crépuscule, sous l'orage, dans l'obscurité.

Seul le bruit du tonnerre parvenait à couvrir la toux et les lamentations de Thomas. Il avait froid. Les douleurs gagnant ses muscles étaient violentes, ses maux de tête, encore pires. Son cœur battait trop vite. Et il avait soif, tellement soif. *(T'es mon meilleur ami, t'es le seul ami que j'ai, t'es méchant avec moi, tu veux me faire mal, t'es toujours… Pour-*

quoi tu veux que je me tienne avec toi pis après ça tu
veux plus ? T'es... Cr... Criss que j't'haïs !

Non... Non, j't'haïs pas, non, j't'aime, j't'aime.
J'veux juste que tu sois gentil, comme quand on se
chicane, après, des fois, t'es gentil. J'veux rien que...
J'veux rien que... Moi j'veux pas te faire mal ! Pour-
quoi c'est juste les autres que t'aimes ?)

À son réveil, le lendemain, Thomas trouva une
bouteille d'eau à ses côtés. Le groupe découvrit
Simon assoupi près de la tente, détrempé.

– Là, tout le monde, Ganja pis moi on va aller
jaser un peu. Vous autres, bougez pas des tables à
pique-nique.

Rastafari entraîna Ganja à l'écart. Les campeurs
tendaient l'oreille, le souffle court. Les filles se tenaient la main.

– Ok. Là, là, Ganja, on va *dealer* avec ça. C'est
sûrement juste une gastro ou de quoi de même.

– Je l'sais pas, *man,* il y a de quoi de *weird* avec
son cousin. Tu sais-tu ce que j'pense ? J'pense qu'il
l'a empoisonné, mon gars.

– Ta yeule, *man,* si c'était ça, il serait pas en train
de capoter, l'autre, il serait ben content de voir Thomas de même ! Voyons donc ! *Anyways,* on va l'ame-
ner à la clinique pis on va ben voir ce qu'ils disent.

– Non non non ! *Câlice...* Rasta, regarde...
Prends-le pas mal, mais y a de quoi qu'il faut j'te

dise. Avant-hier, j'ai oublié le poulet au soleil pendant toute la journée, mais c'était rien que ça qu'on avait pour souper, ça fait que…

— *Tabarnak,* Ganja !

— J'suis sûr que ça va s'arranger tout seul !

— On l'amène à la clinique.

— *Please, man,* non ! J'peux pas perdre cette job-là, mon père va me tuer ! Pis toi, mon gars, toi, tu vas être *crissement* dans' *marde* si ça sort *d'icitte* pis que tu *fuckes* la réputation de la business à ton oncle.

Un craquement retentit. Tout le monde se tourna vers la tente de Thomas. Il était là, appuyé à un arbre, torse nu, le dos courbé, les yeux mi-clos malgré le temps gris. Ses quelques pas en direction des tables furent ceux d'un mort-vivant. Son thorax était couvert d'éruptions.

— Il fait donc ben clair… Tu me prêterais-tu tes lunettes, s'il vous plaît ?

Sa voix était rauque, ses conjonctives, rouges. D'une main hésitante, la fille avec qui il avait fumé un joint quelques soirs plus tôt empoigna ses verres fumés, les lui tendit en évitant de toucher à ses doigts. Après deux tentatives, Thomas parvint à s'agripper à la table. Il s'assit entre deux campeurs. Son corps dégageait une puanteur inhumaine.

— Ganja, as-tu une clope, *man ?*

Mais le moniteur n'était pas à la table. Il suivait la scène de loin, au côté de Rastafari. Après un instant d'hésitation, un adolescent déposa une cigarette devant le malade, sans oser le regarder. Les cheveux noirs de Thomas étaient souillés de vomissures séchées. Des haut-le-cœur le secouaient à chacune des bouffées. Or, rien dans son comportement ne laissait entendre qu'il était conscient de son état. Il toussa. Du sang s'écoula de ses narines. Dans la forêt, terré derrière un arbre, Simon tremblait.

• • •

La nuit venue, le son de la radio poussé au maximum n'arriva pas à couvrir le délire de Thomas. «*Simon, non, arrête!…* Je mérite pas ça… *S'il te plaît…* Simon… Pitié…» Il était seul dans sa tente. Blottis les uns contre les autres dans l'obscurité des leurs, les campeurs sanglotaient. «Lâche-moi… J'suis pas un rat… *Tu m'fais mal!* J'veux pas…» Les moniteurs fumaient joint sur joint. Comme des enfants devant une bêtise trop grosse, des enfants dont les parents ne pourraient plus réparer les pots cassés. «J'veux pas mourir.»

Diffusées par la lampe de poche de Simon, des lames de lumière traversaient l'eau sale de la rivière. *(Comment j'ai fait ça?)* Les rats étaient là, pris entre deux branches d'arbres tombées dans le courant. *(Comment j'ai fait pour nous transformer en rats ?)*

• • •

Des entrailles de Thomas s'extirpaient des vomissements noirs. Les éruptions s'étaient étendues à tout son corps. Ses gencives saignaient abondamment. Son nez aussi. Il était seul dans la lumière du matin. Simon était introuvable.

– Ganja, c'est pas un empoisonnement alimentaire, ça.

Thomas était toujours seul dans sa tente quand le soir vint.

– C'est quoi d'abord ?

Les râlements finirent par se taire.

– C'est pas de nos affaires.

• • •

Le jour suivant, les moniteurs trouvèrent le courage d'entrer dans la tente. On eût dit les viscères rassies d'un animal.

Au centre, des débris, des vomissures, du sang. Thomas gisait, inerte. Simon était là, sa tête noire appuyée contre celle de son cousin. Ses vêtements étaient déposés sur celui-ci. Sur le corps nu de

Simon apparaissaient des bourgeons d'éruptions cutanées. Sa respiration saccadée emplissait l'espace.

• • •

Près de la tente, dans la poussière, les moniteurs retrouvèrent les deux rats noirs. Le petit, écrabouillé sous une roche, était mutilé ; éventré, décapité. Une partie de son pelage avait été arrachée. Le grand reposait sur un lit de feuilles bien disposées. Ses poils avaient été lissés. Ses plaies étaient cachées par le pelage arraché à l'autre.

En avant

LA CHAMBRE DE SIMON est à demi plongée dans la pénombre. Un seul rai de lumière d'après-midi perce de la fenêtre du sous-sol pour jeter un peu de jour sur une feuille de papier immense, accrochée au mur en face de son lit. Y sont dessinés au crayon à mine cent croquis de renards, d'ours polaires, de monstres marins, d'igloos, de sapins, de forêts rasées, de maisons en feu, de garçons aux cheveux noirs, de filles frêles, entremêlés à des mots – «Tu te rappelles de ma blonde?», «C'est pas de ma faute». Avec l'étourdissement dû à la grippe, les dessins et les mots se mélangent pour devenir un brouillon gris. Simon referme les yeux. Encore les mêmes images en tête. Le grand rat sur un lit de feuilles, le petit rat sous une roche. Simon se concentre pour ralentir sa respiration.

Un mouvement secoue son matelas.

– Tu parles beaucoup dans ton sommeil, toi.

Il se redresse d'un coup dans le lit. Noémie, c'est Noémie, elle est là, c'est elle.

– C'est quoi cette histoire de rats et de camp de vacances ?

Son petit visage joli et attentif. Non, c'est la grippe. C'est une autre hallucination. Il se recouche lentement et ferme les yeux, incertain.

– Simon ?

– T'es vraiment là ?

– Mais oui !

Il rouvre les yeux lentement. Le sourire de Noémie, espiègle et contente de son coup. Elle est étendue près de lui, sur le flanc, par-dessus les couvertures, un bras replié sous la tête, ses cheveux éparpillés sur l'oreiller. Avec un jean et un chandail de laine gris tout petit, tout serré sur son corps.

– Ta mère m'a laissée entrer. Elle est gentille. Elle est plus gentille que je pensais.

Simon secoue la tête.

– Est-ce que Thomas sait que tu es ici ?

– Prends le temps de te réveiller.

Il secoue la tête de nouveau, se prend le visage dans les mains. Puis réajuste son t-shirt et son caleçon sous les couvertures, au cas où ce soit vrai.

– Ça fait combien de temps que t'es là ?

– Quelques heures.

– Hmm, non. Non, c'est la fièvre.

– Simon, je suis là, c'est moi !

Elle s'esclaffe. Tout doucement, il se met à rigoler aussi, et se recouche sur le dos. Leur rire grandit, grandit, jusqu'à ce que le matelas soit traversé de secousses. Simon se redresse d'un coup.

— Mais je suis malade ! Tu vas attraper ma grippe !

— Je l'avais déjà avant d'arriver. On a la même maladie. On l'a attrapée ensemble. C'est beau, hein ? C'est *un peu* beau.

Assis dans le lit, la couverture par-dessus les jambes, il la regarde, étendue là, dans le demi-jour, avec ses traits doux et sa peau.

— Ok. Disons que tu es là. Qu'est-ce que tu ferais ici ?

— Je serais venue te rendre visite.

— Hmm, oui. Mais encore ?

— Prends le temps de te réveiller.

Il hoche la tête.

— Ok.

Il se penche pour cacher sous la table de chevet la pile de vêtements sales au pied de son lit. Puis se recouche, lentement. Se tourne sur son flanc, pour faire face à Noémie. Son sourire, son petit sourire.

— Mais *qu'est-ce que tu fais là* ?

— Veux-tu me parler du camp de vacances ?

— C'est une longue histoire.

— Tu me la racontes ?

— Non… Pas là.

– J'ai compris qu'il y avait des rats, un feu de camp, deux moniteurs, que Thomas a été malade, que t'es allé dans une rivière.

– J'ai parlé tant que ça ?

– T'as parlé pas mal. Ça avait l'air d'un gros rêve, t'étais tout agité. La fièvre, hein ?

– Oui. Euh… En fait, c'est pas un rêve, c'est un souvenir.

– Oh. Excuse-moi, je voulais pas te brusquer. Ça va ?

Du bout du doigt, il caresse le drap.

– Ça va. C'est juste que j'y repense souvent.

– Et… c'est grave ?

– Non… peut-être… Je sais pas. Non, c'est pas grave, mais ça nous a achevés, Thomas et moi.

– Qu'est-ce que tu veux dire ?

– Il n'a plus voulu me parler après ça.

– Après quoi ?

– Après qu'on est allés au camp de vacances, et tout ça ; toute l'histoire.

– Pourquoi ?

– Je sais pas… Je pense que je lui ai fait peur.

– Pourquoi ?

– Je te raconterai une autre fois.

– Ok. Pas de presse.

Simon prend une inspiration, et lâche, en scrutant la pénombre dans sa chambre :

– Il est tombé très malade au camp, et après il est allé à l'hôpital. Il y est resté pendant au moins une semaine, et en sortant, il n'a plus voulu me parler. Déjà, avant ça, il m'avait souvent fait sentir que j'étais pas normal, et que je le dérangeais… Mais il était gentil, aussi; ne pense pas le contraire. Il m'amenait partout avec lui quand on était adolescents. Peut-être parce que ses parents le lui demandaient. Je suis pas sûr. Mais quand même. Il y a plein de fois où on s'est vraiment amusés ensemble, quand on était petits. Sauf qu'au camp, je pense que j'ai été bizarre. Je comprends qu'il ne veuille plus me voir. Je ne sais pas exactement ce que j'ai fait, mais… C'était… Je suis allé trop loin, je pense. Même si c'est pas tout à fait clair pour moi.

Il s'éclaircit la gorge.

– Des fois, j'ai du mal à comprendre ce qui se passe, exactement. J'imagine des choses… En tout cas. Je te l'ai déjà dit. Je veux pas rentrer là-dedans, tout de suite.

– Ça va. Prends ton temps.

Ils se regardent et hochent la tête.

– Tu peux me dire n'importe quoi, Simon.

– Je sais.

– Es-tu schizophrène?

Simon ferme les yeux. Sa poitrine se gonfle. Une longue expiration émane de ses poumons.

Dehors, le soleil est en train de se coucher, et la chambre se vide peu à peu de sa lumière.

– C'est Thomas qui t'a parlé de ça ?

– Oui.

Il replace son t-shirt et son caleçon sous les couvertures, une fois de plus. Le regard fixé au drap, il dit, lentement :

– Je ne sais pas si je suis schizophrène.

– Je pense que tu l'es.

Encaisser le coup. Hocher la tête.

– Peut-être, oui.

– Tu ne voudrais pas aller consulter un spécialiste ?

– Non. J'ai peur.

– Et ta mère, elle ne t'a jamais amené chez le psychologue ?

– Non. Une fois, j'ai entendu mes tantes essayer de lui en parler, quand elles croyaient que je n'étais pas là. Mais ma mère a contourné le sujet. Je pense qu'elle ne veut pas le savoir non plus.

– C'est bien.

Son visage est sérieux. Elle ne blague pas. Elle demande :

– Et pourquoi elle ne veut pas le savoir ?

– Je suis son fils unique et ça a été compliqué de m'avoir. Elle voudrait avoir un garçon parfait, je pense. Ou normal, en tout cas.

– Oui, ça explique. Mais elle avait l'air vraiment

gentille, tout à l'heure, quand elle m'a ouvert la porte. Je suis sincère.

– Elle n'est pas habituée à ce que des filles veuillent venir se coucher dans mon lit. Ça doit lui faire plaisir.

Des sourires en coin.

– Même si tu sors avec mon cousin.

Noémie baisse la tête.

– Noémie, le fait que tu sois ici, ça me rend... Je suis vraiment content. Et que je puisse te parler de tout ça sans que tu aies peur, c'est... C'est juste... J'ai pas de mots. J'y crois pas. Mais qu'est-ce que tu fais ici ? Thomas va être fâché.

– Je l'ai laissé.

Le tressautement dans la poitrine de Simon.

– Je suis amoureuse de toi.

Des bourdonnements, des éclairs de lumière derrière les yeux de Simon, des décharges électriques dans ses membres. Il voudrait réussir à voir le visage de Noémie, mais la chambre est plongée dans le noir.

– Noémie... Je sais que t'es là... Mais es-tu *vraiment*, *vraiment* là ?

Le bruit des couvertures. Les mouvements sur le matelas. Le poids de Noémie, qui grimpe sur lui. Qui s'allonge sur lui.

– Je suis amoureuse de toi.

Les lèvres de Noémie sur les siennes.

Un sanglot monte du creux de Simon. Collée à celle de Noémie, sa poitrine est secouée de soubresauts. Noémie lui donne un autre baiser, parce que c'est vrai. Tout bas, en prenant bien son temps, elle dit :

– Je veux aller avec toi, Simon. Je nous ai trouvé un appartement. Il est petit, et il est pour nous. Le propriétaire est gentil. C'est un vieux monsieur. On va se construire notre vie, comme si c'était un conte. On pourra être qui on veut. Et on pourra changer. Tu vas m'apprendre à devenir schizophrène. Je veux aller avec toi dans ta tête, Simon, je suis prête.

Laisser se déposer les mots. Il arrive à la voir, maintenant. La courbe de son nez, ses yeux, son front, ses cheveux. Il la serre plus fort dans ses bras.

– Ok, Noémie.

– Ok.

Le nouvel ordre

L E PREMIER JOUR, Noémie et Simon pendent solennellement des rideaux à grosses fleurs aux fenêtres. Le lendemain, ils les retirent, parce que la logique dicte de peindre les murs d'abord. Tout ce qu'il y a comme outils, ce sont deux pinceaux et des fonds de bidons de peinture aux couleurs de Sauvagerie, Éclair, Fougère et Tigre Tapi. Ils peinturent toute la journée, et le soir, ils font l'amour dans le salon. Tout doucement.

Par endroits, le plancher de l'appartement se dénivelle. Les bruits de l'autoroute semblent parvenir de la chambre à côté. L'air à l'extérieur sent le pot d'échappement, et les portes manquent à toutes les pièces. Mais le vieux propriétaire habitant seul l'étage du bas le loue à un prix si infime que c'en est un cadeau. Et Noémie et Simon se sentent tellement puissants et heureux dans leur nouvel appartement que si les gratte-ciel entreprenaient de s'écrouler autour d'eux, ils ne s'en

préoccuperaient même pas : ils prennent posses-
sion d'un univers à eux.

Au bout de quelques jours, il devient évident
que les rideaux à grosses fleurs et les murs colorés
ne peuvent suffire à générer toute l'énergie et la
sérénité dont a besoin l'appartement petit et très
humide. Ce qu'il manque, c'est une plante.

Ils se vêtissent donc chaudement et entreprennent de sortir. La neige a fondu, a été souillée, a
recongelé, pour finalement accéder à l'état de pati-
noire. Ils tâchent de ne pas se casser la figure dans
l'escalier quand un râle les interpelle.

La porte d'entrée de l'appartement du bas est
ouverte. Les râles conduisent vers le coin le plus
profond de la pièce la plus sombre, au plus près du
divan délabré. Le vieux propriétaire, suant à seaux
au milieu des bourrasques de vent, lève péniblement
le doigt pour désigner un grand nombre de parties
de son corps ; la plupart d'entre elles sont crevas-
sées et sentent le surchauffé. Noémie les traite du
mieux qu'elle le peut en les enduisant d'un onguent
trouvé dans la pharmacie. Mais comme la fièvre ne
diminue pas et que la jeune fille ne sait que faire
d'autre, à part peut-être souffler sur l'épiderme,
Simon prend la situation en main en expliquant que
Noémie et lui iraient au marché et qu'ils revien-
draient rapidement avec un bouillon de légumes, et
une fleur s'il y en a des belles. Le vieil homme sourit.

Dans la ville, les voitures boucanent en serpentant, et des accidents traînent au coin des rues. Le marché se trouve très loin, et quand Simon et Noémie y arrivent finalement, il apparaît aussi décevant de l'intérieur que de l'extérieur. Les néons diffusent une lumière navrante, et les plantes, consignées en rangs, ressemblent à de vieilles quenouilles. Et il n'y a aucune belle fleur.

Des larmes commencent à monter aux yeux de Simon, quand soudain Noémie aperçoit, égarée sous l'étalage des plantes tropicales, une plante minuscule. Si minuscule qu'il serait en fait audacieux de la nommer autrement qu'une pousse. Mais il s'agit d'une pousse verte, fabuleusement verte, verte comme au mois de juin. Elle est instantanément adoptée, et baptisée : Psychose.

De retour à la maison, les plaintes ont cessé. Un peu de lumière baigne la pièce – peut-être parce que le vieil homme s'est apaisé, ou peut-être grâce à l'onguent –, mais enfin, il dort, et c'est rassurant. Le bouillon peut attendre.

Psychose la jeune pousse se sent tout à son aise dans l'intimité du couple. Installée dans la chaleur du pot d'argile fait main, avec au-dessous la couverture de bébé de Simon, avec un taux d'humidité de rêve, de la lumière naturelle de rebord de fenêtre, les bordées de mots doux qu'on lui murmure et toute l'eau fraîche qu'elle peut absorber, Psychose se sent contente. Vraiment contente. Tellement contente qu'elle a envie de sortir une première feuille.

• • •

Les semaines passent comme un dimanche avant-midi au lit. Entre la cuisine, les repas, les siestes et les cajoleries à Psychose, il reste beaucoup de temps pour être amoureux, alors Simon et Noémie le font. Simon s'amuse à observer les veines de Noémie à la lampe de poche, et elle, à caresser par-dessus la peau de Simon, entre ses côtes, la pointe de son aorte, qui pulse sous la maigreur. Par moments, l'autoroute semble gronder moins fort, sans doute parce qu'ils chantent à tue-tête et que c'est là une bonne façon d'oublier le reste. Psychose se porte à merveille : les feuilles lui poussent à coup de dizaines par jour, si bien que tout le rebord de la fenêtre et une partie du mur attenant en sont recouverts, et que les fleurs se mettent à fuser à un rythme si effréné qu'il faut leur trouver une fonction : on en incorpore désormais à la soupe du vieil homme. Une sonnette a été installée dans l'appartement de celui-ci. Ainsi, il n'a qu'à l'actionner quand il a faim ou mal, ou qu'une envie lui prend de se faire raconter une histoire ou chanter une chanson. Son état de santé s'améliore. Du moins, c'est ce que laissent supposer les faibles jets de lumière qui émanent des crevasses de son corps.

Un matin qu'ils reviennent de l'appartement du dessous, Simon et Noémie constatent qu'en leur absence, l'ampleur végétale de Psychose a doublé. Ou même triplé, ou même quadruplé. La verdure forme comme une tapisserie en relief sur les murs. Ils s'en réjouissent, et dans leur fougue, saisissent le pot d'argile dans leurs bras pour apprendre à Psychose à danser. C'est alors qu'ils découvrent, sous une énorme feuille, une mangue, belle et grosse. Psychose serait donc un manguier ? La joie est telle qu'ils ne prennent pas le temps d'y goûter avant de faire l'amour sur le plancher de la cuisine. Et pendant qu'ils font l'amour, d'autres mangues poussent autour de leurs corps, si près que quelques-unes éclatent et que ça sent bon tout le reste de l'après-midi.

Le lendemain, un ananas se forme tout près de la pomme de douche.

Le jour suivant, un banc de poissons colorés se met à frétiller dans la baignoire.

Et le jour d'après, ce qui ressemble à un cri de singe retentit du fond du garde-manger.

Simon et Noémie, par souci que l'eau ne lui manque à aucune heure de la journée, songent à brancher un tuyau reliant le robinet de la cuisine au pot de Psychose. Mais l'avant-midi où ce projet doit être mis en branle, la contemplation des tortues ayant élu domicile dans leurs souliers les occupe à tel point qu'ils en oublient de nourrir leur protégée. L'angoisse et les remords ne font leur office que très peu de temps : il apparaît en effet que Psychose ne s'en trouve pas plus mal qu'avant, comme en témoigne le nouveau perroquet sur la tringle à rideau de la chambre à coucher. C'est ainsi que les baisers, les mots d'encouragement et les bourrades amicales remportent le titre officiel de carburant. L'autoroute s'estompe.

Du fond de son appartement, le vieil homme sourit. Ses vêtements commencent à se souder au divan, les crevasses de son corps s'approfondissent de jour en jour. Mais, fait étrange, il semble que ces dégradations l'amusent, puisque son sourire grandit. Et ses membres envoient de la lumière, plus de lumière qu'auparavant. On aménage un trou dans le plafond, juste au-dessus de son divan. Ainsi, il peut lui aussi admirer les prodigieux avancements de Psychose. Simon et Noémie doivent, à partir de ce moment, faire l'amour un peu plus discrètement, mais ça ne les dérange pas trop parce qu'ils aiment beaucoup le vieil homme.

Peu à peu, la végétation s'occupe de recouvrir tout ce qu'il y a de fenêtres. Il est bientôt possible de se déplacer de la chambre à coucher à la salle de bains en sautant de liane en liane ; la douche diffuse une chute inépuisable ; il faut prendre garde de ne pas s'empêtrer dans le marais au pied du comptoir de la cuisine, et se tenir loin du placard de l'entrée pour ne pas provoquer la panthère qui dort quelque part au fond. Tout contact avec le monde extérieur est si lointain dans les souvenirs qu'il est possible de se demander s'il y a vraiment un monde extérieur, ou si le bruit des klaxons et l'odeur de l'air vicié n'ont été que le produit d'un rêve. Psychose s'amuse bien. À force de carburant, elle est parvenue à créer un système où tous les besoins d'ordre alimentaire, ludique et liés à l'oxygénation peuvent être comblés sainement. Mais quand le vieil homme ne sourit pas, il fait un peu sombre.

Il semble pourtant que les raisons de se réjouir ne manquent pas, parce que la lumière qu'il projette est de plus en plus pétulante. Ce n'est pas que Simon et Noémie aient quoi que ce soit contre la bonne humeur, et même, s'ils héritaient du même don que lui, les rayons qu'ils diffuseraient à l'idée que leur ami se porte aussi bien seraient pour le moins éloquents, mais leur rizière commence à sécher et le perroquet s'est mis à chanter des rengaines de feux de joie. Puisque ce serait impoli de simplement boucher le trou du plancher, comme c'est l'habitude à l'heure du coucher, Simon et Noémie entreprennent plutôt d'essayer de comprendre la source d'une telle joie en s'exclamant bruyamment sur la reconnaissance qu'ils ont de vivre, sur la beauté du tapis de mousse du salon, sur la pureté de l'air qu'ils ont la chance de respirer. Mais contrairement à son habitude, le vieil homme ne semble pas vouloir renchérir. Simon et Noémie lui demandent personnellement son avis au sujet de la nouvelle espèce de fleurs carnivores poussant aux barreaux de la table, mais le vieil homme ne répond toujours pas. Les fleurs carnivores constituent pourtant un objet de fascination sans fin pour lui. Quelque chose cloche. Simon et Noémie, catastrophés, s'empressent de se glisser dans l'appartement du dessous sans même prendre le temps de se protéger les yeux.

Au toucher, le corps du vieux propriétaire est si profondément lézardé qu'une couleuvre pourrait s'y mouvoir comme dans un labyrinthe. Une pellicule de cendres recouvre sa peau, et le sang fait un bruit de grains de sable en se déplaçant dans ses veines. Il ne bronche pas lorsqu'on lui prend la main. Pas plus quand on lui caresse les cheveux. Mais quand on lui chuchote qu'il n'est pas seul, un léger, très léger soupir lui échappe, et, comme on s'imagine qu'une étoile le ferait en implosant, son corps se gonfle, gonfle, gonfle, s'emplit d'un bourdonnement assourdissant, concentre ses rayons en un même point quelque part dans son ventre, pour former une boule petite et vibrante qui remonte jusque dans sa gorge, et tombe de sa bouche jusqu'aux mains de Noémie. Puis, sans plus de vanité, le reste de son corps s'écroule en miettes entre les coussins du divan.

La chanson préférée du vieux propriétaire, celle parlant des bateaux et du voyage au bout du monde, s'élève de l'étage du dessous pendant un temps incalculable, plus belle que tous les airs du monde, jusqu'à ce que le sommeil l'essouffle aux pieds du nouveau soleil minuscule.

Quelques heures plus tard, Psychose est alertée par des sons à l'étage du dessous. Elle a appris à ne pas s'en faire avec les sons que produisent ensemble Simon et Noémie, mais cette fois, ce ne sont pas les bruits coutumiers. Ce sont des craquements, des bruits de fendillements, de petites chutes. Au bout d'un moment, elle n'y tient plus et étire sa végétation jusqu'à eux. En les voyant, assis en indien l'un en face de l'autre, tout sourires, elle comprend que la transformation attendue est en train de se produire. Les bruits sont ceux des cloisons qui s'écroulent dans la tête de Noémie pour laisser de la place au noyau de lumière bleue qui y gonfle. Simon colle son front à celui de Noémie pour que leurs noyaux vibrent l'un contre l'autre.

Table

Achevé d'imprimer sur les presses
de Transcontinental Métrolitho
à Sherbrooke, Québec, Canada.
Troisième trimestre 2011